U0055182

回風雲時代

帥醫筆記

之5 懾人氣場

司徒浪◎著

我是一名婦科醫生。

每天，我都會接觸到女人那些難以啟齒的病痛，
我的職責便是為她們解除痛苦。
假如我看她們的笑話，出賣她們的隱私，
將她們的病痛當做閒聊話題，我就是個毫無廉恥的卑鄙小人。
我總認為女人比我們男人乾淨，她們不像我們男人，
為了競爭爾虞我詐，用心計、耍手腕，
她們心地善良單純，我因此本能地對她們產生憐愛。
我覺得女人真是一種奇怪的動物，她們有時候很難讓人理解。
女人的情感，就彷彿是天上飄著的一片雲，來無影去無蹤。
有時候你會覺得她們很變態，真的，她們固執起來的時候真的很變態。
說到底，男人或許是一種極端自私的動物，在他們眼中，只有獵物，沒有女人。
於是，許許多多說不清道不明、不便說也不能說的事情發生了。
而我只能將一切藏在心中，或者，寫入我的筆記……

——馮笑手記

目錄

帥醫筆記

第一章

未來的船票

我恍然大悟，「林大哥，我知道你為什麼想要與常姐認識了。
原來你是為了買一張未來的船票啊。
不過我還是不明白，你為什麼不找現任的領導呢？
省委書記、省長都可以啊？幹嘛非去買未來的那張船票？」

下山後天色已暗，小鎮上一片寂靜，燈光也很零落。「我們今晚不可能住在這裏吧？明天還得上班呢。」我對她說。

「我們包一輛車吧，小鎮上應該有麵包車的。」她建議道。我點頭，於是朝前面走去，終於在一家門前發現了一輛麵包車。

敲門，對主人說明意圖，對方大喜，因為他想不到這麼晚了還有一筆好業務。

在回去的路上，我打開了手機，發現上面有一則簡訊：「請你吃飯。請馬上回電話。」

簡訊是林易發來的。

急忙撥打過去。「幹嘛關機啊？聽說你生病了是不是？」林易問我道。

「我在外面呢，正在回城的路上。」我說。我不能騙他，因為陳圓今天才去了他那裏。

「那我等你一起吃飯，然後我們再去我的夜總會。」他大笑著說。

我被他的話嚇了一跳，「今天不行，下次吧。」

「誰啊？」莊晴問我道。

我急忙捂住電話的聽筒處，然後回答她，「林老闆。」

「請你吃飯是吧？我也要去。」她說。

我急忙地道：「算了，下次吧，免得人家等呢。」

「不行，你不是跟我說，要多接觸外面的人嘛。」她噘嘴道。

我拿起電話，「林總，我們來吃飯。只吃飯啊。」

「你們？你身邊還有誰？啊，我知道了，是那位小護士是吧？這樣，我把上官叫來，你把她也一起帶來。怎麼樣？」林易說道。

「只吃飯啊。」我說。

「先來了再說。」他大笑道，隨即告訴了我吃飯的地方，然後掛斷了電話。

莊晴問我道：「本來他說吃了飯還去幹什麼？」

「去唱歌，沒意思。」我急忙地道。

她頓時高興起來，「我要去唱歌。」

「別啊……」我頓時慌亂起來。

我們回到市區、到達酒樓的時候已經接近八點。

第一眼就看見了林易的微笑，還有上官琴迷人的酒窩。她的酒窩與孫露露的不一樣，上官的酒窩在她臉兩側的正中，淺淺的。說實話，我覺得女人的酒窩太深了不好看，總感覺那樣像是臉上被挖掉了一坨肉似的。

所以，酒窩還是淺淺的好，或者像孫露露那樣長在嘴角。那樣才好看，才迷人。

上官琴看見莊晴後就去挽住了她的胳膊，很親熱地和她說話。她們朝雅間外面去了。林易笑著對我說：「馮老弟，來，我們坐。」

桌上已經擺滿了菜，還有酒。菜品不是很豐盛，但是極其精緻。酒是五糧液。

「她們去幹嘛了？」我問林易。

「女人的事情別管。那是自尋煩惱。」他笑著對我說，「我從來都不去管女人的這些小事情，只要她們高興就行。」

我看著他笑，「她們？」

他一怔，頓時仰頭大笑起來，「哈哈！看來一個人最容易暴露自己的就是在無意之中啊。」

「你老婆不管你？」我很詫異。

「我老婆是這個世界上最聰明的女人。」他歎息著說，「她心裏當然明白現在的男人是什麼樣子的，也知道我可能在外面還有女人。可是她從來都是假裝不知道。因為她心裏清楚，在現在這種社會環境下，男人不出軌幾乎不可能。不過她看得出來，我的心在她身上，我也很有家庭責任感，在外邊只不過是逢場作戲罷了。

哎！我們畢竟沒有孩子，在這樣的情況下，她也只好這樣了。」

他的話讓我忽然想起趙夢蕾來，心裏頓時喟然。

「林總，你們沒有孩子，究竟是你的問題，還是你老婆的問題？呵呵！對不起，我不是想刺探你的隱私，完全是出於關心的角度在問你。」我笑著問他道。

他搖頭，「不知道。我們很奇怪，都去做過檢查，結果都很正常，但她就是懷不上，就算懷上了也流掉。所以我更加相信命這個東西了。」

我忽然想起一種可能來，「林總，你們去查過血型沒有？有一種情況，男女之間的血型不合，在這種情況下會產生一種抗體，從而導致不孕或者流產的情況。」

「可以治療嗎？」他問道。

我搖頭，「很困難。」

他頓時笑了起來，「那還去查個什麼勁啊？」猛然地，他似乎明白了我的意思，於是搖頭道：「我和我老婆是從患難中一起走過來的，現在我們的公司能夠發展到這樣的規模，都是我們一起摸爬滾打創造出來的，我不會找另外的女人為我生孩子。在外面玩玩可以，但不能當真，這是我的原則。而且，現在她一側的卵巢已經切除了，懷孕的可能性就更小了。哎！老弟，別說了，有些事情是上天註定了的，沒法改變。咦？這兩個女人，怎麼還不回來啊？」

我頓時笑了起來，「你不是說不去管她們的小事嗎？」

他大笑，「對。來，我們先吃東西，先喝酒。一會兒我們去唱歌。老弟，你真厲害。哈哈！今天我得搞點新節目考考你。」

我不禁駭然，「今天不行吧？她們在呢。」

他看著我笑，「你不覺得有熟悉的女人在一起，更刺激嗎？」

我更加驚駭，「林總，這樣不行。下次吧。」

他看著我大笑，「哈哈！我明白了。不過你誤會了我的意思啦。老弟，不是你想像的那樣的。」

「那是怎麼樣的？」我莫名其妙。

「你想過沒有？如果讓她們倆喝，然後一起和我們倆比賽，這樣豈不是很好玩？當然，更好玩的不是這樣。嗯，我知道了，你帶來的那位小姑娘和你有著不一般的關係，所以你不願意讓她也那樣吧？哈哈！老弟，你很自私啊，假如上官也願意讓你摸呢？你會同意嗎？」他大笑，然後低聲地問我道。

「林總，你今天還沒有喝醉吧？」我駭然地看著他。

他搖頭，卻依然在笑，「這樣，今天就不要讓上官和你那位小美女一起去了，我另外叫兩個美女來。怎麼樣？老弟，我今天特別高興啊，高興了就要喝酒，就要好好去玩玩，你陪陪我好不好？」

「這……」現在我很擔心一件事情，那就是擔心一會兒甩不掉莊晴。

可是，他拿起電話在撥打了，「你們兩個過來喝酒吧。」

他正打電話，莊晴和上官就進來了，「林總，你還在叫誰啊？」上官問道。

「一會兒你就知道了。對了上官，一會兒吃完飯後你帶小莊去做一下美容。小莊蠻漂亮的，可惜不大注意修飾。你順便給她辦一張金卡，今後她去美容就不用花錢了。」林易對上官說。

「我才不去做什麼美容呢。」莊晴說，隨即來看我，「馮笑，一會兒你們去幹嘛？我今天可是要一直跟著你的啊。」

我有些尷尬，急忙去看林易。

林易看著我大笑，「哈哈！開玩笑的。來，我們喝酒。」

莊晴說：「林總，我可以喝酒嗎？」

林易搖頭道：「女孩子最好不要喝酒。女孩子喝多了酒容易長皺紋，而且皮膚乾燥。你還小，等你過了三十歲後就知道了。不過，那時候你想後悔也就來不及啦。人啊，往往都是這樣，沒有後悔藥可以吃的。」

「我不管，今後的事情誰知道呢？萬一哪天我忽然死了的話，豈不是虧了？所以我覺得還是過好每一天最好。是吧林總？」莊晴笑嘻嘻地看著林易問道，很可愛的樣子。

我覺得她的話太過不吉利，「莊晴，說什麼呢？」

「馮老弟，說實話，我倒是很欣賞小莊的這種看法。人生苦短，何必活得那麼累呢？我們活著的時候總是覺得這樣的事情做不得，那樣的事情不能幹，想吃好點吧，擔心今後怎麼辦，想穿好點吧，又覺得花那麼多錢不值得，想住好點呢，忽然又想到自己的孩子。真的等到某一天吃不了、穿衣服不好看，住別墅沒人陪的時候就悲慘了。你們說是不是？」林易笑道。

其實我倒是很贊同他的觀點。「林總說得對。不過我還是覺得必須要有個原則，那就是量力而行。如果自己口袋裏沒有錢，整天借錢過日子的話，那種滋味也很不好受的。」

林易大笑，「老弟，你錯了。現在這個社會，只要能借到錢就是大爺。你看看那些房地產商人，他們哪個不是用銀行的錢在玩？問題的關鍵是，你要能夠從銀行裏把錢拿出來。」

我不以為然，「借的錢總是要還的吧？」

他點頭，「那倒是。可以還啊？他們修的房子在那裏放著呢。你銀行要的話拿去就是，多簡單的事情。銀行拿那些房子來幹什麼？於是他們就會再次找銀行借錢，並告訴銀行說，你如果不再借給我錢的話，我就真的還不上啦。哈哈！你知道這叫什麼嗎？這叫綁架。銀行的行長們、信貸科長們，他們哪個沒有得到那些開發商的好處？他們敢不借嗎？於是這樣一來就形成了惡性循環了。開發商們借了銀行的錢去開發，還不上的時候又去借。這就叫綁架。」

「林總，你也這樣嗎？」我笑著問他道。

他搖頭，「我不這樣。因為我不需要。我早就完成了原始積累，我的資金鏈很牢固。當然，我也會向銀行貸款，但是我還得起啊。所以，現在都是銀行主動來找我要我向他們借錢呢。我可不需要去賄賂他們。」

「林總，你真厲害。來，我敬你一杯。」莊晴給她自己滿上後去敬林易道。

我不好再阻止她，只好側身去問上官琴：「今天的情況怎麼樣？陳圓看了後有什麼意見沒有？」

她詫異地看著我問道：「你還不知道？」

我搖頭，「我一早就出去了，現在才回來呢。今天一天都沒有和她碰面。」

她看著我，眼裏是奇怪的眼神，「你沒給她打電話？」

我頓時慚愧萬分，覺得自己確實做得有些過分了。今天我和莊晴在一起，完全把陳圓的事情給忘了。「我太忙了，沒想起來。」我說，心裏在責怪她多事：你回答我就行了啊？問那麼多幹什麼？

「對不起。」她看出了我的尷尬和不快，「是這樣，今天我帶她去看了，她很滿意。施姐還親自陪同了她的。馮醫生，你不知道，當陳圓看見那幾個孤兒的時候，頓時就流淚了呢。」

我有些驚訝，「真的？」轉念一想，這才是陳圓啊。看來這個工作還真的適合她。

她點頭，「是啊，陳圓這女孩還真不錯，沒多久就和那幾個孩子熟悉了起來。她離開的時候，那幾個孩子都哭了呢。」

我們之間的談話吸引了林易和莊晴。「真的？太好了。小陳妹妹終於有一份好的工作了。」莊晴高興地說，隨即來問我道：「今天你幹嘛不把她叫來？」

我苦笑，心想：我不是一直和你在一起嗎？你幹嘛來責怪我？

「本來我是準備叫她的，可是馮老弟的電話打不通啊。我還以為今天我們喝不成酒了呢。馮老弟，怎麼樣？還是我說得對吧？小陳就適合幹這個工作。當公務員什麼的，那只是一個名。現在那麼多公務員，位置卻只有那麼幾個，眾人一起去過那個獨木橋，搞不好就會掉下去的。小陳到孤兒院去，待遇就不說了，關鍵是她喜歡啊。你說是不是這樣？」林易笑著對我說。

「林總，今天你就是為了這件事情叫我喝酒的吧？」我問道，心裏很高興。

「是啊。」他說。

我急忙去敬他，「林總，我敬你一杯。太感謝了。」

「馮老弟，你怎麼還叫我林總啊？」他笑著問我道。

「林大哥。」我不得不這樣叫了，雖然不大情願，「林大哥，我有個請求。」

「說吧。」他喝下了酒後對我說道。

「今天晚上得我請客，我要替陳圓好好感謝你。」我說，極其誠懇。

他搖頭，「不行，今天是我請你。」

「難道不僅僅是為了陳圓的事情？」我詫異地問道，同時也是想爭取一次請客的機會。我不想欠下他太多的人情。

「算是吧。」他說，朝我微微地笑。

這下我反倒奇怪了，「今天是你的生日？不對啊，你再低調也不會這麼簡單地過生日吧？」

他朝我笑了笑，很詭異的樣子，「沒事，其實還是為了小陳的事情。你別問了，來，我們喝酒。」

我彷彿明白了，「好，我們喝酒。祝賀啊。」

「你知道了？」他詫異地問我道。

「那個專案的事情落實了吧？」我去問上官。

她點頭，「馮醫生，今天不談這個事情好嗎？來，我敬你一杯。」

我差點問她那個故事的事情，轉念一想覺得很不合適。不就是個故事嗎？於是和她喝酒。我發現自己最近有些問題，老是去在意那些細節，這是女人的習慣啊？難道我進了婦產科之後，真的變得有些女性化了？

不會的，我的功能依然強大啊。我頓時在心裏笑了起來。

一個人的心底活動往往會表現出來的，「馮老弟，遇到什麼好事啦？臉上笑瞇瞇的？」我頓時知道自己剛才在心裏暗笑的時候，不自禁地被表露在了臉上，頓時尷尬了一瞬，忽然想道：我心裏想什麼他怎麼知道？你尷尬什麼啊？於是笑道：「沒事，我忽然想起了一個笑話。」

「哦？說來聽聽。」他笑道，隨即來與我碰杯。

我當然有準備了，在回答他話之前。「一個女人抱著孩子到婦產科，醫生問女人說，孩子是吃母乳還是牛奶啊？女人回答，吃母乳。醫生又問：那請你把衣服脫下來。婦人很詫異，為什麼？醫生說：請你不用緊張，這裏是婦產科，絕不會對你有任何侵犯的。女人這才半信半疑的脫去了上衣。醫生用他的手在女人的胸部上摸摸，下摸摸，左搓搓，右揉揉，隨後對這女人說，難怪孩子會營養不良，你根本就沒有母乳嘛！女人很生氣，廢話！我當然沒有母乳；我是孩子的小姨！」

所有的人都大笑。

「馮笑，那個醫生是你吧？」莊晴卻忽然問我道。我一怔。她癟嘴道：「從你的這個故事看裏面的醫生肯定是個男人，我們科室就你一個男醫生，不是你還是誰？你就是這樣給病人作檢查的？」她說完後看著我怪怪地笑。

林易和上官也來看我。我頓時尷尬極了。

「馮老弟講的不過是個笑話罷了，我們當笑話聽就是啦。」林易來替我解圍。

我急忙地道：「這哪是我的故事啊？這是一則英語笑話，我才看到的。這件事情發生在國外！你想想，哪有女人抱孩子到婦產科去的？是不是？」

我哭笑不得，因為我想也沒想到會因為一個笑話差點把自己給說進去了。而且，這個笑話裏的那位醫生是如此的不堪。我是絕不會做出那樣的事情來的。現在，我在心裏不禁覺得莊晴有些過分。

吃完了飯，林易悄悄問我：「怎麼樣？去玩玩？」

我去看了莊晴一眼，「算了吧，下次。」

莊晴卻發現了我在看她，「幹嘛？」

我急忙地道：「沒事。吃完飯了，你自己回去吧，我就不送你了。」

她一怔。

林易大笑，「馮老弟，我們兩個再去喝點酒好不好？就我們兩個人。上官，你送一下小莊。」

莊晴看了我一眼，我沒有理她。

剛才，我忽然想到了一個問題：我不能讓林易和上官知道我與莊晴住在一塊。當然，他們很可能知道，但是，他們知道是他們的事，我不能如此的明目張膽啊。

莊晴離開了，與上官琴一起。

林易看著我笑，「老弟，我們再去那裏？」

我想起自己那次在心裏的發誓，覺得自己不能再這樣墮落下去了。還有就是，我想到了最為關鍵的一點：不能與這些老闆走得太近。

斯為民和宋梅的事情直到現在都讓我心有餘悸，他們曾經都利用過我。說到底，他們對我根本就沒有什麼友情，完全是需要性的利用。那麼，我眼前的這位林老闆會不會也是那樣的人呢？

很明顯，這位林老闆比斯為民和宋梅有實力得多。一個人做事情、說話是需要實力的。我相信，至少在一些小事情上面，我面前的這位林老闆不會像斯為民和宋梅那樣斤斤計較，或許他很講誠信，因為我相信一點，一個人的成功絕非偶然。林易能夠成為林易，能夠把江南集團做得那麼大，這絕對與他的為人有關係。而斯為民和宋梅那樣的人就只能是小老闆。可悲的是，那麼聰明的宋梅卻因為一個專案而丟掉性命。現在，我才真正地感受到了一點：一個人的為人往往可以決定他的命運。而我也從中體會到了商場如戰場的殘酷性。

所以，我即刻地拒絕了他，「不去了。這樣吧，我們就在這裏再喝點。你看桌上還有這麼多菜，可惜了。」

他笑，「馮老弟，我很喜歡你這樣的性格。你說得對，浪費確實不好。行，我們就在這裏喝酒。服務員，再給我們拿一瓶酒來。」

我急忙地阻止他，「林大哥，這樣，白酒我是喝不下去了，來點啤酒吧。我們說說話。」

他沒有反對，再次吩咐了服務員一聲，隨後來問我：「老弟，你想和我說什麼？」

「其實也沒有什麼事情。只是想讓你今後多關照一下陳圓。」我說。

他大笑，「老弟，看你說這話！你說我會不關照她嗎？嗯，我倒是不會關照她的。」

我很詫異，「林大哥，你這話是什麼意思？」

他笑道：「我老婆比我更關心小陳，所以就不需要我關照了。說來也很奇怪，你說，我老婆怎麼一見到小陳就那麼喜歡呢？看來還真的有緣分這東西啊。」

我也覺得有些奇怪。最開始的時候我以為林易和他老婆只是為了討好我才那樣對陳圓的，但是後來我發現不像是那麼回事：哪有一見面就送那麼貴重的東西的？難道這個世界上真的有緣分在麼？

「其實啊，我今天也想和你說點事情。」他說。

「哦？你說。」我去與他碰杯。

「上次談到的那個專案的事我不管。是上官在操作。她的能力我完全相信。這女孩子雖然年輕，但是做事情很老到。你是醫生，可能沒有關注那個專案的進展。我告訴你吧，現在前期的工作都做得差不多了。」他笑著對我說，很輕鬆的樣子。

「哦？好啊。前期都是些什麼工作呢？」我問道，不是好奇，只是隨便問問。人家已經說到這個地方了，我總得這樣問一句吧？

「目前，民政廳已經初步同意把那塊土地出讓給我們了。其實你也是知道的，我對那個專案的興趣不大，畢竟投資太少。」他說。

我搖頭，「如果搞房地產開發的話，投資也不少了。」

「也就一兩個億吧。對於我們江南集團來說，低於十個億的專案我基本上不管的。不過這個專案不一樣，所以我要求上官隨時給我彙報進度。」他說。

我瞠目結舌地看著他：一兩個億還是小專案？我差點問出聲來。

他看著我笑，「今後你就會瞭解到我們集團的情況的。」

我彷彿明白了，「你的意思是想認識一下那個人？」

他點頭，「老弟真是聰明人。我說過，這個人很難接觸。他是我認識的省級領導裏面最難接觸的人。人家不需要錢啊？也不好色。人家是大知識份子，很儒雅，很有素質的領導啊。可是，我們江南集團要發展，就必須依託一位強有力的領導。實話對你講吧，我們集團雖然號稱實力雄厚，但是我們也很困難。最近幾年我們擴張過快，在海外的投資好多都失敗了。現在我非常擔心未來的發展。」

「那你幹嘛看不起那些小專案？」我詫異地問道，「多多少少也是賺啊？」

「老弟啊，有些事情你不知道。任何一個專案要上馬就需要一定的人力和財力，還必須要利用各種關係。我們江南集團已經不是小企業了，做任何事情都要考慮到形象問題。假如我們把時間和精力都集中在了那些小專案的話，企業的發展就會減慢，而且外界也會議論的。

「比如我剛才說的民政廳的那個專案，實話告訴你吧，我們根本就沒有打算在那個專案上賺多少錢。但那畢竟是常廳長管轄的範圍啊？而且裏面還涉及到你們曾經打算搞的那個休閒中心。你說，我會讓你們投資嗎？當然，我也不願意虧損的，我只需要賺回所有的成本就行。這下你明白上官為什麼會考慮到搞房地產開發了吧？因為只有那樣我們才可以完全收回成本。

「你們以前考慮的那個什麼行銷模式根本就不可行，那完全是你們不懂商業的人的一廂情願。試想：誰會花上幾十上百萬去購買你們那個所謂的會員卡呢？錢再多的人也不會的啊。那個洪雅雖然懂得一點點商業，但她畢竟對那一行不熟悉。俗話說，築巢引鳳，你的巢都沒有築好，鳳凰會無憑無故地飛來嗎？當然，你們那個行銷方案也有其中的道理和可操作性，問題的關鍵是，人家憑什麼相信你們今後會達到那樣的服務品質？

「正確的做法應該是：先建好、裝修好那個休閒中心，然後試營業一段時間，那段時間最好免費，讓別人真切地感受到哪裏的服務。在這個基礎之上再通過各種關係去拉進更多的客源。這樣操作的話，今後的生意想不好都不行。」他緩緩地對我說，中途來與我喝了一杯啤酒。

我不禁佩服萬分。現在才發現自己以前的可笑。是啊，常育和我都不是做生意的人，結果都把這件事情考慮得太簡單了。洪雅也很可能是林易所說的那樣，也只是一個半桶水。

我感歎，搖頭，「林大哥，我實在是很佩服你。可是我真的不懂做生意，所以我也不想具體問你這些問題了。不過，有件事情我又忍不住要問，你可千萬不要笑話我啊？」

「我們之間還需要這麼客氣嗎？你不懂做生意我懂啊，就好像我問你醫學上的問題一樣。問吧，隨便問。」他笑道。

「我剛才聽你說了，你們集團公司現在最擔心的是未來的發展，我的理解是，作為一家大型企業，決定未來發展的除了大型專案之外，最重要的就是資金了。是不是這樣的？」我問道。

他訝異地看著我，「你還說你不懂？說得完全正確。你繼續說。」

「林大哥，你怎麼不考慮上市的可能？」我問道。

他頓時呆住了。我很忐忑，「林大哥，我說的有什麼不對嗎？」

他歎息道：「馮老弟啊，你當醫生可惜了。到我公司來吧，我給你兩百萬以上的年薪。」

我看著他，目瞪口呆。

「是啊，我考慮的正是這個問題啊。從目前的情況來看，對於我們江南集團來講，再也沒有什麼比上市更重要的事了。可是，難啊！」他搖頭歎息，朝我舉杯。

我恍然大悟，「林大哥，我知道你為什麼想要與常姐認識了。原來你是為了買一張未來的船票啊。不過我還是不明白，你為什麼不找現任的領導呢？省委書記、省長都可以啊？幹嘛非得去買未來的那張船票？」

他朝我豎起了大拇指，「老弟，你太厲害啦。真的，你不要當你那勞什子醫生了，到我公司來吧。」

我搖頭，「其實我啥也不懂的。除了當醫生我啥都不會。剛才我說的只是一時間忽然想到了。如果真的要讓我去做什麼實質性的工作的話，我根本就做不了。」

他點頭，「這倒也是。不過，你有這樣的思維就已經決定你的人生會不平凡了。哎！現任的主要領導雖然我也熟悉，但是他們……算了，有些事情你還是不要知道的好。現在的問題是，常廳長後面的那位領導就是在分管這一塊啊。何況，我估計他今後任正職的可能性極大。」

「那位領導叫什麼名字？」我問道。

他詫異地看著我，隨後問道：「上次我不是提示過你了嗎？難道你一點都沒去關心過？」

我搖頭，「我就是一個小醫生，有些事情我懶得去關心。」

他看著我，像看一個怪物一樣，一會兒後才歎息道：「無法理解。不過也可以理解。哎！馮老弟，我要是像你這樣活著就好了，少了好多的煩惱事情啊。」

我笑道：「每個人有每個人的活法。像我這樣的人也一樣有煩惱的事情，只不過我的煩惱在你看來微不足道罷了。」

「哦？你說說。」他又朝我舉杯。

「我老婆的事情啊。哎！現在都沒個結果。對了林大哥，麻煩你幫我找一個好點的律師，行嗎？」我說。

「這倒是一個小事情。我公司也有法律顧問的。我讓他出面幫你找一個吧。不過我實話告訴你吧，你老婆的事情不大好辦。刑事案件比不得民事案件，很麻煩。」他說。

我點頭，「我知道的。不過我還是希望她能夠儘量少坐幾年牢。林大哥，我敬你，謝，謝，謝謝你了。」

現在，我感覺到自己已經有些醉了。

「我明天就給你交辦下去，費用的事情你就不要管了。」他說。

我瞪著他，「林，林大哥，這樣可不行。」

「小事情，你真的就不用管了。你好不容易給我說了件事情，我能不給你辦好嗎？」他笑道。

「陳圓的事情已經很麻煩你了。這件事情又……」我說。他制止住了我，「小陳的事情是我主動提出來的，所以不算你請我幫的忙。而且，我那裏正好就差她那樣的人呢，說起來還是你給我幫了忙。」

我很感動。我發現，在酒喝醉的情況下比平常更容易被感動。

「謝謝，謝謝！」我還能說什麼？

「老弟，我倒是想問你一個問題呢。」他笑道。

「你說。隨便說。」我有些興奮了，所以也就不以為意。

「你老弟和兩個女孩住在一起，沒考慮過今後怎麼辦嗎？」他低聲地問我道。

我猛然間怔住了。但是我發現他的樣子好像並沒有什麼惡意，反而地，他是笑瞇瞇地在問我。

我搖頭，「你看嘛，這不就是我這樣的小人物的煩惱嗎？哎！以後再說吧。」

「小陳倒沒什麼。這小丫頭那麼漂亮，而且清純可愛。即使你和你老婆離婚了娶了她也無所謂。但是今天來的這個，她可是宋梅的前妻啊，你何必與她攪在一起呢？」他問我道。現在的他顯得有些嚴肅。

我說：「林大哥，她是我們科室的護士。實話告訴你吧，在我結婚之前我就和她好上了。她脾氣是怪了點，但是對我還是很不錯的。」

「老弟啊，我真的很不理解你，你說這個莊晴，你喜歡她什麼啊？呵呵！不過我倒是很佩服你的，與兩個女人同住一屋而且還相處得那麼融洽。但是老弟啊，時間長了就不一定了，這件事情你還是早點解決才是。如果你覺得有困難的話，我這個當哥的也可以幫你。」他說。

「你怎麼幫我？」我詫異地問道。

「還能怎麼幫？給你搞兩套房子，讓你分別和她們住就是。哈哈！不過那樣也是一樣的麻煩啊。除非你願意移民，拿國外的護照。這樣就可以避免犯重婚罪了。」他大笑著說。

「我又不和她們結婚，怎麼算是犯了重婚罪？」我說。

他卻在點頭，「這倒是。你們現在不算重婚。最多也就是非法同居，姘居。這不是屬於重婚罪的範疇。不過你想過沒有？難道你不想要小孩嗎？如果某一天你和她們任何一個人生下小孩了的話，可就麻煩了。」

「生下小孩就算重婚了？」我心裏一沉，急忙地問道。

他搖頭，「其實我也不懂。因為我沒有認真研究過這樣的法律條款。我只是想當然地這樣認為。這樣吧，我讓我們公司的法律顧問來給你解釋。呵呵！我可沒有你這麼愉快，我在外面可沒有其他的女人，最多也就是偶爾地玩玩罷了。」

「哎！」我長長地歎息了一聲。現在，我心裏確實有些煩悶起來，我覺得自己的那些事情真的不好處理了。當然，最簡單的辦法就是放棄，但是從我今天與莊晴一起出去的情況來看，我根本就捨不得。

「呵呵！老弟，你不要生氣啊，大哥我今天也喝多了點。也正因為我喝多了，所以才趁這個機會給你提出這個問題呢。我覺得吧，你應該多抽出時間去提高你的學術水準，或者留出精力來賺錢也行啊？漂亮的女人多得是，何苦在這上面花費那麼多的時間呢？」

我當然知道他說的很有道理。可是我能夠那樣去做嗎？「哎……」

「來，我們喝一杯。老弟啊，我看你好像是有難言之隱。你告訴我，你是真的喜歡莊晴嗎？」他問道，隨即與我碰杯。

「林大哥，確實，我很喜歡她。沒辦法。」喝下酒後我說道。

「可以告訴我嗎？你喜歡她哪一點？」他問道，在看著我。

我覺得他今天有些奇怪，但同時又覺得他只是因為關心我才這樣一直問我。

「林大哥，你不知道，她的小腿太美了。有幅畫你看到過嗎？《晨曲》，我曾經在一本舊雜誌的封面上看到過那幅畫。莊晴的小腿比那幅畫上的那個女孩的小腿還漂亮。太美了！」

「晨曲……啊，我想起來了！難怪。哈哈！老弟，我明白了。」他大笑。

「林大哥，我對她是認真的。」我有些不悅。

他頓時嚴肅了起來，點頭道：「我知道你是認真的。你說起那幅畫我就知道了。我曾經也看過那幅畫，說實在話，那幅畫畫得太好了，在那個年代，不知道震撼了多少人呢。想不到你也會有那樣震撼的感受。看來人們對藝術的感悟是不分年齡的啊。」他歎息著說。

「是啊。」我說，隨即對他道：「林大哥，今天就這樣吧，再喝我可就醉啦。明天我還得上班呢。」

他卻似乎沒有聽到我的話，嘴裏在喃喃地道：「早知道就不要讓上官送她回去了，讓她帶她去洗浴多好，可以看看她的小腿是不是真的那麼漂亮……」

我哭笑不得，「林大哥，你說什麼呢？」

他頓時反應了過來，大笑道：「哦，我走神了。行，今天就這樣吧。」

第二章

畫上的美腿

我從他手上把那個東西接了過來，
緩緩打開……我頓時驚住了。
這是那幅畫，《晨曲》！
我再一次地感受到了那種極度的美。
眼前的這幅畫讓我差點無法呼吸。

讓我感到很奇怪的是，我回去後發現莊晴竟還沒回來。陳圓躺在床上看書。

「幹嘛這麼早就上床了？」我問陳圓。

「哥，你又喝多了？你看你，舌頭都大了。你喝茶不？我去給你泡。」她說，準備下床。

「你，你別動。」我急忙地道，「我喝的是啤酒。對了，你莊晴姐呢？」

「她不是和你一塊的嗎？」她問道。

我忽然想起晚上林易吩咐過讓上官琴帶莊晴去做美容的事來，「是，我們一起去吃的飯，她和上官一起去美容去了。圓圓，聽說你很滿意那份工作，是不是？」

她看著我笑，「他們都告訴你啦？我覺得那些孩子好可憐，不，是好可愛。可能是因為我也有了孩子的原因吧。你說是不是因為這樣？」

我心裏很高興，「是吧，你高興就好。對了，你什麼時候去上班？」我問道。

她的神情頓時黯然下來，「哥，今後我要住在那裏。所以想和你商量呢。雖然我很喜歡那個工作，但是又不願離開你們。我很矛盾。」

「矛盾啥？住那裏就住那裏吧。那裏空氣好，環境也很優美，這樣對你肚子裏面的孩子不是更好嗎？」我笑道。

「可是……你不是孩子的爸爸嗎？我一個人……」她看著我弱弱地說。

我心裏頓時也猶豫起來，說道：

「現在不是還早嗎？你的肚子都還看不出來呢。這樣吧，你先去幹一段時間看能不能適應。不行的話再說。你放心吧，今後我會經常來看你的。我總不能在那地方和你住在一起吧？那樣多不好是不是？」

說到這裏，我忽然想起剛才與林易談及關於重婚的事情來，心裏頓時有些煩躁起來，「我去洗澡了。」

「哥……」她叫了我一聲。

「怎麼啦？」我問。

「今天晚上我想和你一起睡。我不知道從今天過後什麼時候才可以和你在一起了。」她說，滿眼的熱切。

我點頭。她頓時笑了起來。她笑起來的時候看上去好美。

洗完澡後發現陳圓已經在我的床上了。她在哆嗦，「好冷。」

我朝她笑道：「傻丫頭，幹嘛不把你自己的被子抱過來啊？我這裏剛才沒睡人，當然冷了。」

她說：「被子雖然暖和，但是床單一樣冷。還有，我不想和你分被子睡覺。」

我心裏柔情頓起，即刻去到床上將她擁入自己的懷裏。她溫順地朝我匍匐了過來，我頓時感受到了她身體的柔軟與溫暖，禁不住想要逗她一下，手伸到她腋下呵癢。她「哈哈」大笑，身體扭動顫抖，「哥……哈哈！……你別，哈哈！」

莊晴回來的時候已經是十一點過了。我和陳圓都還沒有睡。其實我是在等她。陳圓是高興，她不住在和我說話。

我聽到了莊晴開門的聲音，隨即在房間裏問了一聲，「怎麼這麼晚才回來？」她進來了，看著床上的我們在笑，「馮笑，你今天是不是去幹壞事了？」陳圓來看我。我哭笑不得，「什麼啊？我和林總就在吃飯那地方喝啤酒。」

「鬼才相信！」她「啐」了我一口。

「真的，我沒有騙你。」現在，在洗過澡之後又與陳圓說了這麼久的話，我已經清醒多了。

「你們兩個大男人喝酒有什麼趣味？」她問道，依然站在門口處，她的身體貼靠在牆壁上。

「男人有男人的事情，我和他說點事。對了，你怎麼這麼晚才回來？真的去美容了？」我問道，隨即去打量她，發現她好像沒有什麼變化。

「上官帶我去了那家美容院，給我辦了一張卡。我的天啊，那張卡好貴，幾萬塊！然後她又帶我參觀了一下那地方。馮笑，有件事情好奇怪。」她說。

「你幹嘛站在那裏？快去洗澡，然後來和我們一起睡吧，順便說點事情。」我對她說道。

讓我想不到的是，她竟然直接走到了床邊，然後揭開我這一側的被子就鑽了進來。「我已經洗過澡了。我正準備說這件事情呢。後來上官送我回家的時候忽然接到了一個電話，然後她非得要我去洗桑拿。我還是第一次去那樣的地方呢，要不是上官是女人的話，我根本就不敢去。不過我覺得好奇怪。」

我心裏也暗自詫異，不過我當然知道這是為什麼。我感到詫異的是：林易為什麼要讓上官去看莊晴的小腿啊？

他不會對莊晴有什麼想法吧？我猛然地想到今天林易那種奇怪的表現，心裏頓時有些不安起來。

「人家請你去洗桑拿，這是一片好心呢。這有什麼嘛。」我說。

「洗桑拿還真舒服，把我今天一天的勞累都洗掉了。」她笑道。

「怎麼洗的？」我問。本來想問她上官琴有什麼異常的地方沒有，但是我不好問出口來，因為我不想讓她誤會我對上官琴有什麼想法，而且關於莊晴小腿的事情是我告訴林易的，我害怕穿幫。

「你一個大男人，問我們女人的事情幹什麼？」她掐了一下我的胳膊。我不禁苦笑。

「對了莊晴，」我忽然想起一件事情來，「明天陳圓要去上班了，她今後可能不會回來住了，乾脆我也搬回去吧。」

「陳圓走了，你也要走？」她頓時不滿起來。

我說：「不是這個意思。因為我今天發現林易已經知道了我和你的關係了。我想，如果我們再繼續這樣住下去的話，很可能會有更多的人知道的。我倒是無所謂，關鍵是你，你畢竟是女的。你說是不是？」

「以前我們三個人住在一起你就不怕了？」她反問我道。我頓時怔住了。

「哥，你就住在這裏吧。有空我也來看你們，免得我跑幾個地方。」陳圓說。

「我……」我有些猶豫起來。

莊晴卻猛然從床上爬了起來，「隨便你！」她說完後氣沖沖地跑出了房間。

「哥，你這樣不好。」陳圓即刻批評我。這是我記憶中她第一次這樣對我說。

「圓圓，你不知道我的難處。哎！」我歎息著說。

「哥，莊晴姐最近心情不好，你應該陪她一段時間再說。」她卻繼續勸我道。

我覺得也是，「是啊，那就暫時不回去吧。」

「你趕快去和她說話啊？她都生氣了。哥，她會不會生我的氣啊？」她問我道。

「傻丫頭，她幹嘛生你的氣？好吧，我先過去一會兒，你早點休息吧。」我去輕撫她的秀髮，柔聲地對她說道。

莊晴不理我。她看見我進屋後，就把被子扯去蓋住了她的頭。

我鑽進了她的被子，「怎麼？還在生我的氣啊？我真的沒別的意思，只是想到這樣對你不好。不過剛才陳圓提醒我了，你最近心情不好，我得陪陪你才是。」

「還是陳圓對我好，你這個沒良心的。」她說，腦袋在被子裏面，聲音「嗡嗡」的。

我頓時笑了起來，「我這不是知道自己錯了嗎？」

「錯了就完了？我得罰你。」她說，將被子從她頭上揭開。

「怎麼罰？」我笑著問她道。

她的唇來到我的耳畔，「罰你在我身上一個小時。」

「今天不是在外面來了那麼多次了嗎？你還不夠啊？」我心裏一蕩，隨即問她道。

「不夠，我永遠都不夠。」她說。

我的手伸到了她的小腿上面……

第二天我終於明白林易為什麼要上官琴帶莊晴去洗桑拿了，因為他在第二天上午剛剛下班的時候給我打來了電話，「中午一起吃飯。說說你的事情。」

我有些詫異，「我有什麼事情？」

「我有個辦法，可以解決你目前存在的問題。」他說，「因為我給莊晴找到了一份不錯的工作。」

我有些奇怪：他幹嘛這麼關心莊晴的事情？心裏隱隱擔憂和不安。不過他的話激起了我的好奇心，所以即刻就答應了。

林易的行事風格確實很低調，他選擇了一家中式速食店，就在我們醫院不遠的地方。進去後我就知道他為什麼要選擇這地方了：這裏衛生，隨意，而更重要的是安靜。

吃速食的人都是忙碌的人，像這樣中檔的速食店的顧客大多應該是白領，不會在這樣的地方大聲喧嘩。

我和他要了食物後相對而坐，一邊吃東西一邊說話。

我不好先提及今天的事情，所以我在等候他說話。本來就是他主動給我打電話來的，當然應該是我先聽他的想法。

他終於說話了，「我聽上官說了，她的小腿確實長得很漂亮。」

雖然他說的是事實，但是我不知道他說這句話的用意是什麼，不過我不得不接一句話，「上官是女人，女人看女人與男人看女人是不一樣的。」

我說這句話的原因是因為我忽然想到了一個人，一件事情。鍾小紅，還有那次她給我介紹女朋友的事情。對此，我深有感觸。

他點頭，「有道理。」

這下，我的好奇心頓時被他給撩撥了出來，「林大哥，你幹嘛對這個問題這麼感興趣？」

他看著我笑，隨即問我道：「老弟，你聽說過腿模這個職業嗎？」

我疑惑地看著他，覺得有些莫名其妙，「腿模？腿模是幹什麼的？」

他淡淡地笑，「腿模就是主要以腿部為主要拍攝重點的局部模特兒。腿模這個行業在國外比較成熟，主要用於如絲襪、長靴、短裙、護膚品等等以及其他創意廣告。腿模在我國是新興行業，但是要求極高，它要求小腿與大腿比例接近相等或略長於大腿，腿型的粗細要均勻，線條要優美、細膩、光潔，無明顯疤痕，中線直挺、小腿富於力度、大腿圓潤、臀部不能有贅肉。腿模除了對腿的基本要求之外，還必須要具有鏡頭表現力，因為她們是通過肢體語言來詮釋產品。明白了嗎？」

這下我倒是明白了，不過……「林大哥，你覺得莊晴適合去幹那樣的工作嗎？還有就是，她自己是不是願意還很難說呢。」

他笑了笑，很自信的樣子，說道：

「老弟，你想過沒有？腿模既可以作為平面廣告的形象出現在各種類型的女性雜誌的封面上，又可以作為某個女性產品的代言人出現在電視裏。我發現莊晴的性格潑辣、大方，骨子裏有一股野氣，所以我覺得她是最適合的了。說不定今後還會成為明星呢。你注意到沒有，廣告紅人成為電視、電影明星的也不在少數啊。」

我搖頭，「那樣的人畢竟是少數。」

他點頭，「那是當然。不過任何一個走向成功的電視、電影女明星的背後都有一位替她們運作的人，要捧紅一位明星說到底就是錢在起作用。有了錢，就可以替她請一個策劃運作的團隊，有了錢，就可以去買通那些知名的導演，只要有好的劇本，有名角和她配戲，再加上她本人聰明、努力，就沒有什麼不可能的。」

我彷彿明白了，「你願意捧她？」

他卻在搖頭，「你錯了，應該是你去捧她。」

我不禁苦笑，「我的林大哥，我就一個小醫生，哪來的那個能力啊？」

「你有這個能力的。」他嚴肅地對我說。

我搖頭，依然苦笑，「林大哥，你高看我了，你是在和我開玩笑呢。」

「你是我的好兄弟，我怎麼會和你開這樣的玩笑呢？」他說，神態嚴肅而認真，「老弟啊，你是沒有認識到你自己的能力，也沒有看到你自己的機會啊。且不說其他的，就拿上官準備與你們合作的那個專案來說吧，你至少可以賺到上千萬的錢。這還是初期。說實話，常廳長對你可真好的，我都有些嫉妒你呢。還有，我們未來的合作，老弟，錢的事情你一點都不要擔心，你隨時需要我隨時提前預付給你。沒問題的。」

「那個專案？那可是遙遙無期的事情。現在才做完了前期工作，要真正賺到錢還早呢。現在你讓莊晴去幹那樣的工作，我可沒辦法讓她發展起來。」我說。

「老弟，你錯了。呵呵！不過這件事情我們以後再說。即使莊晴願意去幹那樣的工作，她也得有個適應階段不是？先培訓一段時間，然後做做平面模特兒，等她有了一定的基礎、能夠在鏡頭面前表現自如之後，再說其他的事情也不遲啊。你說是不是？一蹴而就的事情並不那麼容易，揠苗助長的事情我們也不要去做，你說是不是應該這樣？」

我點頭。

這時候我們已經吃完了飯，他忽然地對我說道：「對了老弟，這個你拿著。」

他說著就從他隨身帶的包裏面拿出一樣東西來。

「這是什麼？」我疑惑地問道。

「你打開看看。」他朝我微笑。

我從他手上把那個東西接了過來，緩緩打開……我頓時驚住了。

這是那幅畫，《晨曲》！

我再一次地感受到了那種極度的美。眼前的這幅畫讓我差點無法呼吸。

他咳嗽了一聲，我這才從極度的震撼中驚醒了過來，我抬頭去看他，發現他在朝著我微笑，「據這幅畫的作者講，《晨曲》源於一位喜歡拉小提琴的女孩，那個女孩很漂亮，很有氣質，經常穿一件白色連衣裙。她的家是一座老式青磚洋房，陽台非常大。盛夏的夜晚，作者和那個女孩都喜歡相聚在大陽台上拉琴彈唱。

「有一天下午畫家去她家聽她拉琴，卻滿腦子都是創作的事，呆呆地看著她拉琴的背景，突然一陣輕風，白裙自然飄起，感覺非常美，心靈一動，眼前顯出一幅圖畫，他太想把這感覺畫出來了，於是開始構思，構圖，多次不滿意。後來畫家找來女孩的弟弟去遊說，要讓她做模特兒，想不到女孩竟然同意了，於是畫家拿起相機，擺弄各種角度和姿勢，再用一台風扇當作風來吹，不斷調整風速讓女孩的裙子飄得更美、更自然。雖然折騰得很累，但效果讓畫家非常滿意。於是再次構圖，起色彩稿，把背景換成西湖、楊柳等等，終於定稿。

「後來，畫家反覆修改了這幅畫，比如把畫面處理成寧靜的早晨、有一絲微風、遠處有一艘小船划過泛起一道白浪，畫面意境很有音樂元素。於是，這幅令人震撼的作品誕生了。」他緩緩地對我說。

「你認識這畫的作者？」我問道，很羨慕。

他卻在搖頭，「不，我是從一本雜誌上看到關於這幅畫的介紹。」

「那這幅畫……」我疑惑地看著他。

「我送給你了。」他朝我微笑。

頓時感覺到自己的手上沉重起來——它太珍貴了。「不，我不能要你這麼珍貴的東西。」隨即將畫朝他遞了過去。

「你喜歡嗎？喜歡這幅畫嗎？」他問道。

我一怔，隨即點頭，「可是……」

他笑了笑，將畫朝我推了過來，「老弟，你真老實。呵呵！你想過沒有，如果這幅畫是真品，怎麼可能沒有裝裱？至少應該有個畫框吧？實話告訴你吧，這幅畫是我昨天打電話讓我們江南美術學院一位畫家朋友臨摹的，你看，油墨都還沒有完全乾透呢。拿去吧，一個人難得喜歡一樣東西。」

我用手去沾了沾畫面，果然如此，頓時高興起來，「謝謝你，林大哥。」

「你覺得臨摹得怎麼樣？這幅畫。」他看上去也很高興的樣子，他在問我道。

「畫得太好了。一模一樣，一樣地震撼人心。」我由衷地說，「不過林大哥，我下午還要上班，我們改天再聊吧。莊晴的事我回去問問她，還有這幅畫，謝謝你。」

「不客氣，你喜歡就行。老弟，很多事對我來講只是一件小事，對你來講也是這樣。我們現在是朋友了，沒有必要互相之間那麼客氣。你說是不是這樣？」他微笑著對我說。

我很感動，真的很感動，「林大哥，你想什麼時候見那位領導？你說說，我也好讓常姐安排一下。」

他卻在搖頭，「這事不急。有些事情太過著急了反而不是什麼好事。順其自然吧，我相信今後會有一個恰當的機會的。等你和常廳長完全認可了我這個人之後再談這件事情，豈不是最好？」

我點頭，頓時覺得這個人的素質比斯為民和宋梅高了不知道多少個檔次。

陳圓不在了，我還覺得真不習慣，與莊晴回到家後頓時有一種空落落的感覺，而且在我進屋的那一刻，我還禁不住地大叫了一聲：「陳圓，我們回來了！」

當沒有聽到回應的時候，才猛然想起她已經去到那家孤兒院上班的事情。莊晴在我旁邊笑。

「我們晚上吃什麼？」我訕訕地問她道。

「下麵條吧，簡單一些的好。」她說。

「你會做麵條嗎？」我問她道。

她搖頭，「我的意思是說讓你去做。」

我苦笑著搖頭，「算了，我們還是一會兒出去吃飯吧，那樣更簡單。」

「你請客？」她笑著問我道。

「你那麼多錢，當然該你請了。」我笑道。

她搖頭，「我沒錢了。」

我詫異地看著她，「你的錢呢？」

「中午我去訂了一輛寶馬，辦完手續後剛好接近一百萬。」她笑著對我說。

我瞠目結舌地看著她，一瞬之後我才反應了過來，「你，你會開車嗎？」

她卻在搖頭，「不會。」

我一怔，猛然間大笑了起來。「那你買那車幹什麼？」

「我買來看可以吧？我就放在社區的樓下慢慢欣賞可以吧？」她說。我哭笑不得，覺得她有時候還真的是很不可理喻。

「那還是吃麵條吧，你都沒錢了。」我笑道，「對了，給你看一樣東西。」

「什麼東西？」她問道。

「昨天我給你說過的那幅畫，還記得嗎？」我笑著問她。

她歪著頭來看我，「那個小腿長得很好看的那幅畫？」

我去將那幅畫拿出來，放在她面前，然後展開……

第三章

著迷

我不知道自己為什麼會對她的這雙小腿如此著迷，
我捧著它們，一點一點地去親吻，然後用舌緩緩地去舔舐。
開始的時候她還在嬌笑，當我親吻到她小腿的上方，
膝蓋以上的部位後她的嬌笑聲停止了，
隨即出現的是她的呻吟聲、嬌喘聲。
她的聲音誘人心扉，讓我難以自己。

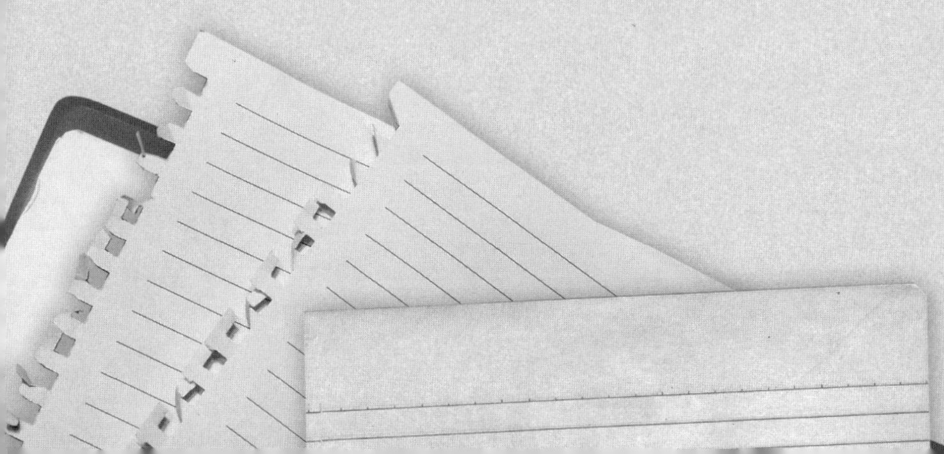

「太美了。」她臉上的笑容頓時沒有了，雙眼被眼前的這幅畫吸引了過去，她喃喃地在說，眼神癡迷。

我想不到女人看到這幅畫的時候也會受到如此的震撼。

「是啊，很美。」我說。

「可惜的是，」她似乎已經從震驚中清醒了過來，因為她在抬頭來看我，「可惜看不到她的臉。」

我頓時笑了起來，「這就是藝術的魅力啊。你想想，從古到今那麼多詩人寫西施、貂蟬她們，但是誰見過她們來？看不到就只能靠我們自己想像了。這幅畫最震撼人的地方就在這裏，你看她的身姿，她的靈動，還有她周圍的一切，美的感覺頓時就出來了。哎！我不懂藝術，說不出那種感覺來，反正我就是覺得她很美。」

她看著我笑，頭歪著，「馮笑，我終於知道你為什麼喜歡我的小腿了。」

「你的小腿比這幅畫上的更美，你發現沒有？」我問她道。

她跑過來抱住我，嘴唇在我耳畔，她輕聲地對我說道：「馮笑，我現在就讓你親我的小腿好不好？」

我心裏一蕩，「還沒吃飯呢，肚子都餓了。來，我們去沙發上坐坐，我給你說一件事情。」

她鬆開了我，噘嘴道：「你，一點情趣都沒有。」

我大笑，「情趣也得在肚子吃飽了的情況下啊，你說是不是？」

「討厭！」她瞪了我一眼，不過隨即卻笑了起來，「馮笑，我覺得你有時候傻傻的樣子很可愛。」

我哭笑不得，隨即將她擁住，「來，我們去沙發坐會兒，我給你說件事情。」

「什麼事情啊？神神秘秘的。」她嘀咕著道，跟著我去到了沙發上。我們一起坐下，她即刻躺倒在了我的懷裏，蹬掉了鞋子，將她的身體全部放到了沙發上面，「哎！好舒服，累死我了。」

這一刻，我忽然有些擔心起來：像她這樣的女孩子，真的適合去當那個什麼腿模嗎？

「咦？你不是要和我說什麼事情嗎？怎麼啦？又傻了？」我正在想著這件事情，忽然聽到她在問我道。

「這個……莊晴，你真的不喜歡你現在的工作？」我問她道，心裏依然猶豫。

「是啊，煩死了。哎！可是不幹這個工作又能幹什麼呢？」她歎息著說。

「你願意去當模特兒嗎？」我終於問出來了。

她忽然笑了，伸出手來呵我的癢，我不禁「呵呵」地笑，「別搗亂，我認真在跟你說呢。」

「你逗我吧？模特兒得多高啊？女的起碼一米七以上吧？我才一米六二。你和我開玩笑呢。馮笑，你討厭！去做麵條，我真的餓了。」她說。

我急忙地道：「我沒有和你開玩笑。你的小腿長得那麼漂亮，可以去做腿模的。你知道腿模嗎？」

「腿模？什麼玩意？」她問道，隨即來掐了我一下，「馮笑，你討厭啊。你要讓我去幹那麼下流的工作啊？」

「哪是什麼下流的工作啊？」我急忙地道，隨即將我下午在辦公室電腦裏查到的關於腿模的相關資料對她講了一遍，「台灣的那位叫蕭薔的演員，你知道吧？」

「知道啊，怎麼了？」她問道。

「她剛出道的時候就是因為拍攝了一個絲襪廣告，不多久就以一雙美腿風靡了全台灣。當時她其實就是一位腿模。你知道昨天晚上上官琴為什麼要帶你去洗桑拿嗎？實話告訴你吧，她就是為了看看你的小腿。」我說。

「你的意思是說，上官琴要讓我去做這個什麼腿模是吧？」她似乎明白了，隨即問我道。

我點頭，「是這樣。不過不是上官琴讓你去，而是她的老闆林總建議我讓你去。」

「可是，我不認識那些拍廣告的啊？」她說。

我頓時笑了起來，「你傻啊？既然林總這樣說，那麼他肯定就有考慮的啊。你說是不是？現在問題的關鍵是看你自己願不願意。」

「馮笑……」她忽然從我身上坐了起來，用一種怪怪的眼神在看著我，「馮笑，林總怎麼知道我的小腿長得好看的？」

我頓時語塞，「這個……」

「肯定是你告訴他的。是不是？馮笑，你很無聊的，你知不知道？你好討厭！怎麼把這樣的事情也拿出去講啊？」她有些惱羞成怒。

我暗呼「糟糕」急忙地道：「莊晴，你別生氣啊。是這樣，昨天晚上林總反覆問我，他問我為什麼喜歡你，喜歡你什麼，也是因為我喝多了酒，所以才說出了你小腿長得漂亮的事情。可是，其他的我都沒說啊。真的。可是人家是有心人啊，結果他馬上就讓上官帶你去洗桑拿了，而且根本就沒告訴我這件事情。一直到今天中午他才跑來告訴了我他的想法。你看，人家是真心想幫你呢。對了，他還說，如果你當腿模出名了的話，今後還可能成為影視明星呢。呵呵！莊晴，如果你今後真的成了明星的話，可不要把我給忘記了啊。」

「明星？做夢吧。馮笑，你真的是在逗我玩呢。」她說，隨即又躺在了我的懷裏。我知道，她動心了。

我輕撫著她的秀髮，「我怎麼會騙你呢？今天中午我和林總一起吃飯，我們討論了很久關於你的事情呢。他對我說，如果你願意去從事這個工作的話，首先得去適應，先要學會在鏡頭前面自如地表現自己，不，還得先去培訓一段時間。然後做一段時間的平面模特兒，就是將你的照片放在女性雜誌上那種。今後如果有可能的話再考慮去當影視演員。我覺得倒是不錯，因為我覺得你的性格合適，當然，最關鍵的是你長了一雙漂亮的小腿。」

「那我就得辭職是不是？」她問道。

我點頭，「可能應該這樣。」

「萬一我出去後混不下去怎麼辦？你養我啊？」她問道。

「沒問題啊。每天三頓飯，一碟泡鹹菜。哈哈！這有什麼難的？」我大笑。

「我認真在和你說呢。別開玩笑。我要穿好衣服，要用化妝品，還要出去玩。你養得起我嗎？」她掐了我大腿一下。

「養得起，沒問題。」我笑著說，「如果真的那樣的話，我今後就把工資交給你好了。」

「真的？」她問。

我點頭，「真的。」

「那今後陳圓妹妹孩子的奶粉錢怎麼辦？」她笑著問我道。

「她現在的工資比我還高呢。」我說。

「你是孩子的父親，難道你啥都不管了？」她問道。

我一怔，「這個……那我想辦法去掙錢就是。人是需要壓力的，有了壓力就自然知道去找錢了。」

「馮笑，你這話我愛聽。其實你這個人也是蠻聰明的，只不過你太封閉你自己了。只知道當好一個醫生，其他的啥也不去想。如果因為我今後沒有工作的緣故可以讓你知道你自己的價值的話，我覺得剛才你說的那個提議可以考慮一下。」她笑著說。

我輕輕去拍了一下她的臉，「你這小丫頭，得了便宜還賣乖。我的那個提議本來就是為了你好呢。莊晴，這麼說你同意啦？」

「行，我願意去。哎！早知道我就不去買那輛車了。萬一真的我今後適應不了那個工作的話，我還有那一百萬作保障呢。」她說。

「你的車呢？你不是不會開嗎？」我哭笑不得，問她道。

「誰說我不會開的。以前宋……他教會了我的。」她說，隨即再次從沙發上起來，「馮笑，我餓了，快去煮麵條。」

「我們乾脆出去吃算了，好麻煩哦。」我說。

「不，就在家裏吃麵條吧。今天我心情好，我們趕快吃完飯，然後……」她說，隨即媚了我一眼。

我當然知道她話中是什麼意思，不過我現在也很高興，所以就對她調笑道：「然後幹什麼？」

「討厭！快去煮麵條！馮笑，你乖嘛。一會兒我讓你親我的小腿，讓你親個夠。」她說。

我大喜，馬上跑到廚房去了。

莊晴特地去洗了個澡。房間裏的空調也打開了，她身上穿的是一條碎花裙。她讓我半躺在床上，隨即在床頭處旋轉她的身體，然後抬起她的一隻小腿，朝著我「咯咯」嬌笑，「好看嗎？」

我的眼睛都看直了，「好看，好看。」

她朝著我媚笑，「看你那樣子，口水都快流出來了。」隨即交換了一隻腿，她自己在看，「不就是腿嗎？哪裏有你說的那麼好看？」

我忍不住大笑起來，「莊晴，別再自我陶醉了，快上來，我等不及了。」

「就不！」她朝我嬌笑，甚至還往上撩了撩她的裙擺，白皙渾圓的小腿與大腿渾然一體，修長而勻稱，美極了。我的呼吸頓時加快了起來。

「莊晴……」我禁不住輕聲呼喚了她一聲，我聽到自己的聲音在顫抖。

我不知道自己為什麼會對她的這雙小腿如此著迷，我捧著它們，一點一點地去親吻。開始的時候她還在嬌笑，當我親吻到她小腿的上方，膝蓋以上的部位後，她的嬌笑聲停止了，隨即出現的是她的呻吟聲、嬌喘聲。她的聲音誘人心扉，讓我難以自己。「馮笑，你幹嘛還在親我啊？我忍不住了，你快點來要我吧……」她一邊嬌喘著一邊對我說道。

「來了。」我說，隨即去褪下她的碎花裙，她白皙而豐腴的胸部頓時綻現在我眼前，「莊晴……」我呼喚了她一聲，猛然去與她親吻，她的舌尖在顫動，我控制不住自己地想要去進入。可是，她卻猛然擺脫了我的唇，然後大叫了一聲，「你討厭，我還穿著內褲呢。」

就在這時候我聽到了我手機的鈴聲，所以我的身體頓時停止住了，急忙側身去看。「別，別管它。」莊晴說。

「萬一有急事呢？今天陳圓第一次去上班。」我說，感覺到自己的激情在緩緩退去。

「那你去接電話吧。」她說，隨即不滿地道：「誰啊？怎麼這麼討厭，在這時候打電話來。」

我不禁笑了起來，「人家哪裏知道我們這麼早就開始做這件事情啊？」

電話是上官琴打來的。聽到她的聲音後，我急忙對著莊晴「噓」了一聲，「上官小姐，有什麼事情嗎？」

「你吃晚飯了吧？」她問道。

「吃過了。你不會現在才準備請我出去吃飯吧？」我笑著問她道，看見莊晴在朝我做怪相，急忙瞪了她一眼，她竟然朝著我張開了腿，我心裏猛地一顫，急忙轉身坐在了床頭。

「當然不是。」上官琴在笑，「我要請你吃飯的話肯定要提前預約你啊，馮大哥是我最尊敬的人之一呢，怎麼可能臨時來請你吃飯啊？」

莊晴在用她的腳在蹬我的後背，我急忙扭動了一下我的身體，但是卻不敢轉身去對她說話，我對著電話問道：「上官小姐，那你找我有什麼事情啊？」

「我說了，你別叫我什麼小姐啊？討厭！」電話裏面傳來了她嬌嗔的聲音，我腦海裏浮現出她嬌美的面容來，心裏更加地燥熱了。

「對不起。」我只好說了這樣一句。這時候莊晴的腳好像會轉彎似的，竟然伸到了我的胯間了，我轉身去看才發現她已經坐到了我身旁不遠處，急忙伸出一隻手去抓住了她的小腿。

「是這樣，我奉林總的指示，想請你喝茶。不知道你有空沒有？」電話裏面在說道。

「什麼時候？」我問道。

「一小時後吧，就在小莊住的那個地方外面。那裏不是有家茶樓嗎？」她說。

「好吧。」我說。莊晴的小腿在我的手裏掙扎，我死死地抓住。

「我們公司的法律顧問也要和我一起來。好了，就這樣吧。一會兒見。」上官琴說，隨即掛斷了電話。我即刻將電話扔開，猛然地朝我身旁的她撲去，「你這個浪蹄子，看我怎麼收拾你！」

她「哈哈」大笑著躲閃。

社區外邊確實有家茶樓，而且環境還不錯。平常我進出的時候沒有注意過這地方，想不到上官竟然對這地方有印象。她就是接送過我、陳圓和莊晴沒幾次，但是她卻留意了。我覺得她的這種留意應該也是一種刻意，也許她早就想到有一天會在這地方和我談事情呢。

與她在一起的還有一位中年男人，我估計這就是那位律師了。

果然是，上官把他介紹給了我。

「馮醫生，我今天來和你談談你妻子的事情。」律師對我說。

「謝謝。現在需要我做些什麼事情？」我問他道。

他隨即從包裹拿出幾分文件來，「這是您的委託書，您簽字就可以了。」

我去拿起文件看，律師又道：「這是標準格式的文件。條款你看看也好。費用的問題你就不要管了，林總已經吩咐我了。」

我看了上官一眼，感激地道：「謝謝你們林總。」

上官朝我微微一笑，「不用太客氣。我們林總這個人對自己的朋友從來都很講義氣。」

我大致流覽了一下文件的條款，發現確實是標準格式的文件，並沒有什麼實質性的東西。也就是說，只要我簽署了這份文件後，他就可以開展工作了。

我簽了字，隨即去問律師道：「你覺得對這個案子有幾分把握？」

他搖頭，「我還不知道具體情況，因為我還沒有調看案卷。現在你簽字了，我就可以開始進行相關的工作了。不過馮醫生，請你放心，我會盡最大的努力完成好你的委託任務的。好了。就這樣吧，馮醫生，你的電話號碼我已經有了，如果案子有什麼進展，或者有什麼情況需要和你溝通的話，我會隨時與你聯繫。剛才我已經把我的名片給你了，如果你有什麼事情的話也可以給我打電話。上官小姐，馮醫生，你們聊。我先回去了。」

我站起來與他握手，他隨後離去。我看著他離去的背影，發現他的背很直。我心裏很高興，因為我覺得一個背部很直的男人顯示的其實是他的自信。

「他是我們省最知名的律師之一。」上官在我身後說道。

我轉身，隨即坐回到了籐椅裏面，喝了一口茶，「上官，謝謝你。」

「不要那麼客氣啊。」她燦爛地笑，「馮大哥，我還想和你說兩件事情。第一件事情就是關於陳圓的。她今天已經正式上班了，公司也已經和她簽署了相關的勞務合同。待遇就按照上次林總說的執行。這件事情你就不要擔心了。不過，今天施姐打電話來對我說，小陳好像有些不大對勁，施姐問她她自己又不說。我覺得這件事情還是來問問你的好。」

我心裏一沉，「什麼事情？」

她看著我笑，「陳圓是不是懷孕了？施姐說她今天看見陳圓嘔吐了好幾次。」

我頓時怔住了，「林總的老婆怎麼也在那裏？」

「她前期暫時代管一下那地方，順便帶帶陳圓熟悉情況。施姐這個人心腸蠻好的，而且對陳圓也很好。」她回答。

我歎息，「是啊，她懷了我的孩子。現在我擔心的就是這件事。她沒有結婚，獨自一個人在那地方上班，我很不放心。但是那份工作對她又很合適……哎！」

「你考慮過和你老婆離婚的事情沒有？現在她畢竟那樣了，如果你提出來和她離婚的話，我相信她會同意的，你周圍的人也可以理解。」她說。

我搖頭，「不行，離婚的事情在她去自首之前對我說過，但是我不會和她離婚的。她那麼的不幸，曾經遭受過那麼多的折磨和痛苦，我實在不忍在現在這種情況下做出這樣的事情來。」

「可是陳圓……」她說。

我搖頭，「我現在很後悔，這都是我自己放縱自己造成的後果。所以，我心裏現在也很難受，同時也很為難。」

她頓時不語。

「第二件事情呢？」我急忙問她道，不想繼續和她說這件讓人煩惱的事情。

「莊晴的事，她本人答應了沒有？」她問道，隨即便笑了起來，「馮大哥，我很佩服你，你身邊幾個女人，但是卻能夠和平相處。我不知道你是怎麼做到的。」

我苦笑，「哎！都是我浪蕩無形幹出來的事情。慚愧。嗯，她已經答應了，今後還得麻煩你多幫助、幫助她才是。」

「太好了，明天我就去替她約那家模特公司的負責人。明天你有空嗎？」她問我道。

我搖頭，「明天我門診。」

她頓時笑了起來，「你這位婦產科醫生，呵呵！我真不敢相信……」

我苦笑，「你不敢相信會有病人找我看病是吧？」

她「咯咯」地笑，「馮大哥，你別生氣啊。其實，每次我和你在一起的時候，就覺得彆彆扭扭的，因為我總是會想到你婦產科醫生的身分。」

我淡淡地笑，「我已經習慣了別人這樣看我了。一個女人再漂亮，在診室裏面她只是我的病人罷了。就這麼簡單。」

說到這裏，我忽然想起一件事情來，「昨天晚上你帶莊晴去洗桑拿，難道你也覺得她的小腿長得很漂亮？」

她點頭，「確實很漂亮。昨天我還叫了另外兩個女孩一起去的。我比較了一下，包括我自己，我覺得莊晴的小腿確實很美。」

「另外兩個女孩？」我詫異地問道。

「我們吃飯時林總不是打電話叫了兩個女孩嗎？後來我就帶著她們一起走了。再後來，林總打電話說讓我看看莊晴的小腿，我順便把她們也叫去了。馮大哥，你真有福氣的，那麼漂亮的女孩子都被你……哈哈！」她說到後來便大笑起來。

我當然明白她的意思，只好苦笑道：「慚愧。」

「今天就這樣吧，明天我帶莊晴去，你讓她明天上午聯繫我就行了。」她朝我笑了笑，隨即站了起來，「對了，還有件事，林總讓我問你明晚有沒有空。」

「又要喝酒？」我問道。

「他要請一位重要的客人，想請你作陪。」她說。

「誰啊？」我問道，心裏在想：難道是常育？

她卻在搖頭，「我不知道，我只是負責通知你，然後明天去訂吃飯的地方。」

我當然不會拒絕，「行。」

第二天門診。

早上我出門時，莊晴問我：「今天我去看看那地方，如果可以的話，我就先答應下來。不行的話，我就還是繼續上班，那麼我就可以暫時不辭職了是不是？」

我點頭，「你去看看再說吧。」

「我很想你陪我去。」她說。

「沒辦法啊，我今天門診呢。」我搖頭說，心裏也覺得有些愧對於她。

「好吧，你不去也好。可能你和我一起去，我反倒會緊張。」她說。

「為什麼啊？」我頓時詫異了。

「因為我會很在乎你的態度。你不在，我覺得好就馬上決定了。」她笑著說。

她的話讓我心裏暖呼呼的。

今天的門診病人很少。我估計是因為天氣轉冷的緣故。人類的疾病也與天氣有關係，進入到冬季後，很多疾病也進入到了冬眠期。

病人不多，於是就與同班的護士聊天。其實也沒多少可以談論的話題，大都是科室、醫院裏面的那些事。

「馮醫生，那個王處長你認識吧？內科的王鑫。」護士忽然問我道。

「認識啊。怎麼啦？他以前和我一起住單身宿舍。」我說。

「王鑫在外面有女人呢。」護士又道。

「別胡說。這樣的事情都是一些人沒事背後胡說八道的。」我即刻地道，心裏不禁在想：你們在後面會不會也這樣談論我？

「真的。前幾天我和我老公出去吃飯，正好碰到了他和那個女人在一起呢。那個女人蠻漂亮的，還挽著王鑫的胳膊呢。」護士很興奮的樣子。

「也許你看錯了，也許人家不是那種關係。」我對她說道。

「這個王鑫看上去老老實實的，其實鬼得很呢。我聽說他與章院長的關係很不錯。老院長的年齡馬上要到點了，據說章院長當第一把手的可能性很大呢。王鑫可是跟對人了。」護士又說。

我忽然發現這個護士是因為閑不下來才如此嘮叨。說實話，我對她所說的那些事情一點興趣都沒有，「你去看看，看外面有病人沒有？」

「不會有的，有的話她們早自己進來了。」護士說，隨即對我道：「馮醫生，你老婆的事情怎麼樣了？」

我心裏很厭煩，但是又不好發作，「就那樣了，已經給她請了律師。我去上個廁所。」我必須暫時離開，不然的話，她肯定會把剛才的那個話題繼續下去。

出了診室後，發現外面空落落的，只是旁邊診室的門口處還有一位病人在等候。我有些鬱悶，直接朝廁所走去。

廁所裏也是靜悄悄的。當然，婦產科門診的男廁所長期都是這樣，因為平常陪同自己老婆看病的男人本來就不多，最常見的是那些剛剛懷孕的女人有人陪同。

回到診室後，竟然發現裏面有了個病人，一個年輕漂亮的女孩子，看上去像學生模樣。

她看見我的時候頓時張大了嘴，然後轉身就往外面跑。

我苦笑著搖頭。忽然聽見外邊傳來了一個男人的聲音，「幹嘛跑啊？」

隨即便是那個女孩的聲音，「是個男醫生。」

「男醫生？婦產科怎麼會有男醫生？我去看看。」那個男人在說。

隨即，門口處便出現了那個男人的面孔。他詫異地在看著我。

我哭笑不得，「你讓你女朋友去隔壁看吧。」

「我怎麼覺得你這麼面熟呢？」他忽然地道。

這下我也覺得有同感了，「你叫什麼名字？」

「歐陽童。」他說。

我頓時驚喜地看著他，「你真的是歐陽童？我是馮笑啊。」

第四章

命運的變化

假如今天那個叫小青的女孩子沒有碰見我的話，
如果是其他醫生給她作檢查的話，
會不會順便給她做愛滋檢測呢？
也許會，也許不會。問題是，現在的結果已經出來了，
由此她，還有歐陽童的命運就會發生快速的變化。
是變化，不是改變。

歐陽童是我中學時候的同學，而且我們以前還是很好的朋友。他在我的印象裏面有兩個概念：一是他個子很矮，二是他奶奶的身體。當然，現在她奶奶的身體在我的腦海裏面早已經淡化了，因為我已經經歷過了很多，曾經的那種震撼早已不再。

可是，我眼前的他竟然是一位身材高大的漢子，只是從他的臉上依稀可以看到以前的影子。

讓我感到詫異的是，我覺得自己的相貌一直沒怎麼變的啊？他怎麼也不認識我了？

「你真的是歐陽童？」我還是很懷疑。

「你是馮笑，我想起來了，你以前就是這個樣子，總是愛笑。我聽說你當醫生了，想不到竟是婦產科醫生。哥兒們，你這工作不錯啊。」他看著我笑。

「你現在在幹什麼呢？我記得你以前考上的是外省的大學。那什麼？哈爾濱工業大學。你傢伙，幹嘛跑那麼遠？」我的話多了起來，因為我很高興。

「一會兒我請你吃飯。對了，你幫我給她看看，究竟是怎麼回事。我們一會兒慢慢聊。」他隨即對我說道。

「你女朋友？」我問他道。

「算是吧。」他咧嘴朝我笑道。

我哭笑不得，「算是？這是什麼概念？」

「別說了，你先給她看了再說。」他說，隨即低聲地對我道：「你幫我看看，她是不是真的懷孕了。」

我頓時明白了他與那個女孩的關係了，心想多年不見這傢伙竟然變成這樣了。

「你等等，」他說，隨即又對我說了一句，「本來以為今天是週末，不會遇上熟人，想不到竟然見到了你，真是緣分啊。」

「你叫她進來吧。」

我朝他笑了笑，覺得他的性格好像也與以前不大一樣了。

女孩子進來了，她很扭捏。

「你出去等吧。對不起，這裏是門診，不然的話我應該給你泡杯茶的。」我隨即歉意地對歐陽童說。

「對，你這是婦科門診嘛。」他訕笑著退了出去。

見他出去後，我這才去對自己面前的這個女孩說：「躺到檢查床上面去吧。」

讓我想不到的是，她竟然在這時候忽然掉下了眼淚來。

「怎麼啦？」我詫異地問她道。

「我害怕。」她低聲地道。

我頓時明白了：她肯定是第一次來婦產科。女孩子第一次到這地方來，肯定會害怕的，特別是因為懷孕的原因。

現在，我完全可以肯定她是第一次到婦科門診來看病，而且她與歐陽童的關係也不正常。只有內心沒有依靠感的女孩子才會如此害怕。

「沒事。我會注意的，不會弄疼你的。」我柔聲地對她說。我知道，在這樣的情況下，我這個當醫生的一切表現對她來講都很重要。態度，說話的聲音和語氣都很重要，只有讓她感到了信任和溫暖，才可以讓她降低恐懼感。

她的全身在發抖。我心裏不禁歎息，轉身去對護士道：「你扶她到檢查床上面去。」

我去戴上手套。婦科檢查必須戴手套，否則就很容易被病人認為是對她們的褻瀆。所以，手套也是婦產科醫生與病人增加距離感的方式之一。

其實，針對一個女人是否懷孕有很多種方法，比如尿妊娠試驗。當受精卵植入子宮後，孕婦體內就產生一種新的激素，稱為絨毛膜促性腺激素，它的作用是有利於維持妊娠。這種激素，在受孕後十天左右就可以從尿中檢驗出來。

凡是尿中檢查出絨毛膜促性腺激素的，正常情況下是妊娠。還可以採用基礎體溫測定判斷，也就是在每天早上醒後臥床測量體溫。女性在排卵後孕激素升高，作用於體溫中樞，使體溫上升，基礎體溫中的高溫曲線現象持續十八天以上，一般可以肯定早期妊娠。

但這裏是婦科門診，只能採用婦科檢查的方式去確定，當然，尿液檢查也是一種必須。

看到她陰道的第一眼，我就完全可以判斷她懷孕了。因為她的陰道壁的顏色變深了，那是因為懷孕後陰道壁充血的緣故。不一會兒尿檢的結果也支持了這個判斷。

檢查完畢後，我忽然發現了一個異常的情況。我看見她大腿的根部有一塊指甲大小的藍色斑塊。我去摁了摁她那個地方，「這個斑塊你以前有嗎？」

「什麼斑塊？」她問。

「你這地方的。藍色的。」我說，再次摁了她那裏一下。

「不知道，我沒有注意。以前好像沒有吧。」她說。我心裏猛地一沉。

今天的情況比較特殊，因為她是歐陽童帶來的，所以我把問診放在了後面。

「你懷孕了。這是第幾次懷孕？」我問她道。

「第一次。」她低聲地說，臉上一片通紅。

「這孩子你要嗎？」我在心裏歎息，一會兒後我才問她道。

她低下了頭，「我不能要。」

「你的意思是要我們替你把孩子拿掉？」我問道。

「嗯。」她聲若蚊蠅。

「那麼，你是準備手術的方式，還是藥物的方式呢？」我又問道。

她搖頭，「我不知道……」

「藥物的方式沒那麼痛苦，但是有可能會出現排不乾淨，或造成大出血。手術的效果好些，但是會有些痛苦。」我溫言地對她道。

「那，那就手術吧。」她說，神情猶豫。

「這樣吧，你上午先去做幾樣檢查，下午再做手術。」我隨即說道，腦子裏面再次浮現出她腿根部的那個斑塊來。

「還要做什麼檢查啊？」她問道。

「血常規、血凝血功能、表面抗原檢等，反正就是查血。手術前必須檢查。」我說。

「好吧。」她點頭道。

於是我給她開檢查單，開完後想了想，又加了一項檢查內容：ELISA。這是愛滋病的檢測方式之一。她的那處藍色的斑塊引起了我的高度懷疑。當然，我沒有告訴她本人這項檢查的具體內容。我寫的是檢查專案的英文縮寫，即使是英語專業的人也讀不懂那幾個字母代表的是什麼意思。

她拿著化驗單出去了。歐陽童卻進來了。「我讓她自己去繳費，我和你說會兒話。」

我看了看時間，「我這裏是門診，不好在這裏聊天的。這樣吧，你去我們醫院對面那家酒樓等我，一會兒我過來。今天我請你，不過中午我不能喝酒，下次吧。」

「晚上吧。」他說。

我搖頭，「晚上我有個安排，今天沒時間，就中午。我們倆很多年沒見面了，一會兒好好聊聊。對了，我還有非常重要的事情要和你說呢。」

他答應了，隨即離開了我的診室。

「馮醫生，你同學看上去不像什麼好人。剛才那女孩像學生一樣。對了，你懷疑……」護士對我說道。我急忙制止住了她，「你別說，一會兒看了結果再說。」

中午我下班的時候，那個女孩子都沒有回來，於是我直接去往醫院對面的那家酒樓。

進去後，在大堂的角落處看到了歐陽童和那個女孩。幸好沒有碰上這裏的那位女老闆，她的熱情我實在有些受不了。醫院周圍只有這家酒樓稍微好點，我不想跑到太遠的地方去吃飯。

他們坐在靠窗的位置，那裏有一縷陽光照射進來。人們對陽光的喜愛是一種動物的屬性，而他們和我一樣喜歡選擇角落的地方，這是我們潛意識裏的自我保護。

他們看見了我，歐陽童在朝我笑，女孩子站了起來，局促不安的模樣。

我去坐下了，笑著問歐陽童道：「你還沒點菜吧？」

「點了。小青，你去叫服務員上菜。」他隨即對女孩說。那個叫「小青」的女孩即刻朝一位服務員走去，歐陽童朝我胸前擂了一拳過來，「馮笑，你小子，今天把我馬子那地方都看了。」

我哭笑不得，「歐陽童，我不喜歡你開這樣的玩笑。我是醫生，這是我的職業。說實話，我現在已經記不得她下面是啥模樣了。真的。」我說的是真話，不過她大腿根部的那塊瘢痕卻印象深刻，這時候我腦海裏面再次浮現出了那塊瘢痕的樣子來了，「歐陽童，她不是你老婆吧？你結婚沒有？」

「我都多大啦？怎麼可能還沒結婚？」他笑著對我說，「她是在校的大學生，我養的小情人。嘿嘿！她家裏很困難，我每個月給她一些錢。我告訴你吧，我找到她的時候她還是處女呢。所以我很喜歡她。」

我心裏猛然地擔心起來，但是現在卻不好對他多說什麼。這時候那個叫小青的女孩過來了，她坐到了歐陽童的旁邊。

「檢查結果拿到了嗎？」我問她。

「嗯。」她的臉緋紅，隨即從包裏把結果單拿出來遞給了我。

我趕忙去看，但是在克制自己先去看那一張單子的結果。血常規、凝血功能都很正常，我把最後一張單子放到了最上面，頓時呆住了——HIV陽性。

我竭力地克制著我自己，但是雙眼卻已經離不開手上的單子了，我驚呆了。

「怎麼啦？」歐陽童發現了我的異常。

「她的手術可能做不成，用藥物吧。」我頓時清醒了過來，急忙地說道。

「為什麼？」女孩問道。

「有感染。」我說。

「那就吃藥吧，一樣的。」歐陽童無所謂的樣子道。

「可是……」女孩說。

「歐陽童，你現在在哪裏上班啊？怎麼這麼多年沒有你的消息啊？」我急忙去問歐陽童道，因為我的心裏已經變得沉重了起來。

「大學畢業後我被分到了哈爾濱的一家工廠，太窮了，於是我就辭職出去自己做生意。今年上半年我才回到這裏，我聽說我們省城的房價不高，覺得在房地產行業上面可能會有很大的發展。」他回答。

「房地產？那得需要多少錢啊？」我詫異地問道。

「我舅舅是省建設銀行的信貸部主任，而且我本身也還有些實力。」他得意地說，「我新的公司已經成立，地塊也看好了。現在就等國土部門招拍掛了。」

「祝賀。」我說，卻實在替他高興不起來。

「你好像有心事？」他詫異地問我道。

「是啊，」我急忙掩飾自己，「最近太忙了。」

「我聽說趙夢蕾也調回來了。上次我回家碰到一個同學的時候聽說的。我也是太忙了，一直沒來得及跟她聯繫。你聯繫過她沒有？」他問我道。

我頓時呆住了，「這……」隨即苦笑，「她是我老婆。」

他張大著嘴巴看著我，「不會吧？我聽說她男人……怎麼會變成你了呢？你傢伙，肯定是騙我的。」

我歎息，「是真的。哎！我心裏煩啊。她現在在公安局裏面。」

「當員警了？當員警是很忙的，你要理解。這麼說來你真的和她結婚啦？原來她離婚了啊。你傢伙厲害啊，她可是我以前的夢中情人呢。」他大笑著對我說。

我有口難言，「別說這個了，來，吃東西。你當老闆好啊，我下午還得繼續上班呢。」

愛滋不會只通過體液傳染，我是醫生，非常清楚這一點。雖然我心裏不大舒服，但是還不至於感到害怕。

可是，歐陽童卻興趣盎然，「馮笑，你下次得把趙夢蕾叫出來，我們一起吃頓飯。還不好？」

我搖頭，「她出不來了，她犯罪了。」

他再次張大著嘴巴看著我，「不會吧？」

「你別問了，我心裏煩。」我說。

「不，你告訴我，她究竟犯了什麼罪？」他問道。

我歎息，「她謀殺了她的前夫。」

那個叫小青的女孩驚呼了一聲，歐陽童也大吃了一驚，「不會吧？」

「她是自首的，我才給她找了一位律師。」我說，「歐陽，別說了。好嗎？」

「怎麼會這樣？」他喃喃地道，猛然地，他將筷子擱在了桌上，「馮笑，有件事情你得馬上告訴員警。」

我詫異地看著他，「什麼事情？」

「我記得曾經聽說過一件事情。趙夢蕾的媽媽好像有精神病。你說，她是不是也有這樣的問題？如果對她進行精神病鑒定的話，如果她真的有那樣的問題的話，她就不會坐牢了。」他說。

我頓時激動起來，「真的？」可是，我卻即刻黯然，「我和她生活了也不算一兩天的時間了，我並沒有發現她有那樣的問題啊？」

「醫療鑒定這一塊你有熟人吧？」他看著我怪怪地笑，「現在的事情，有錢就可以搞定一切。」

我若有所思。

「老同學，你如果有什麼困難的話可以找我。我雖然錢不多，但是這樣的忙我還是很願意幫的，畢竟她也是我的同學啊。」他豪爽地說。

「謝謝。」我有些感動，不過想到他現在可能面臨的問題，我心裏更加不好受起來了。現在，我心裏存在著一種僥倖心理：這個叫小青的女孩不止歐陽童一個男人，而且最近歐陽童沒有和她發生過關係。按照歐陽童剛才的說法，他到這裏的時間似乎並不長，而小青竟然有了孩子，這……想到這裏，我心裏頓時覺得那種僥倖幾乎為零了。

我真的很感謝他，同時也感謝上天給予我們今天的這次邂逅。因為我忽然對趙夢蕾的事情看到了一種新的希望。

但是，現在我為難了，我很為難是否要告訴他那件事情。

他很高興，我看得出來。我們倆在中學的時候曾經是很要好的同學，今天忽然見面當然是一件值得高興的事情。其實我心裏也很激動的，但是現在，我卻被一種可怕的東西給包圍了。

他一直在說話，我魂不守舍、心不在焉地在回應他。「哎，你今天下午不上班就好了，我很想和你喝酒呢。」他說到後來歎息道。

「下次吧。把你電話號碼給我。」我說。

他即刻問了我的號碼，然後給我撥打了過來。我們相互存下了。

時間過得很快，不多久我就發現快到上班的時間了。他堅決要求結賬，我想到他那麼有錢也就不再堅持。出去後我發現他開的竟然是一輛賓士，心裏更加不是滋味起來。當然，我不是嫉妒他，也不是羨慕他，我是替他感到悲哀。

他與我握手，然後上車。那個叫小青的女孩朝我羞澀地一笑，臉再次變得通紅。我心裏更加感歎：這個女孩子算是完了。

今天上午門診很冷清，但是下午卻變得熱鬧起來。我覺得這還是因為天氣的緣故。下午要暖和一些。

而我的診室今天也很奇怪，竟然在下午的時候來了一位奇怪的病人。一位很漂亮的病人。三十多歲的樣子，眉目如畫，特別是她的眼睛，看上去非常的迷人。我覺得有些女人的眼睛很奇怪，她們的一個眼神就可以讓男人魂飛魄散。這個女人的眼神也是如此，她進來的時候看了我一眼，她的這一眼頓時讓我的心臟顫動了一下。因為，她的眼神裏面帶著一種憂鬱，還有哀怨。她的眼神彷彿有著一種能量，當她的那種能量傳遞到我眼中的時候，就彷彿忽然變成了電能，然後直擊我的心臟。

這是我從事婦產科以來第一次遇見這樣的情況。

幸好我還能保持最後的一絲清醒。我請她坐下，然後開始問診。

「哪裏不舒服？」我問道，隨即看了一眼她病歷上的基本情況，只有名字和年齡，其他的什麼都沒有。她叫唐小牧，我覺得像男人的名字。

「醫生，你給我檢查了再說吧。好嗎？」她卻這樣對我說道。

「我總得先瞭解一下你最基本的情況吧？檢查前的問診很有必要的。」我柔聲地對她說，沒有去看她，因為我害怕看見她的眼神。

「你檢查了就知道了。」她卻堅持地道。我不得不去看她，發現她並沒有來看我，她在看著我前面的那個門診病歷。

一般來講，看門診的時候我們需要先問病情，這是主訴，然後進行檢查，把主訴和檢查結果記錄在門診病歷上之後作出初步的診斷，最後才提出需要繼續檢查的專案或者給出治療建議。

然而，現在，她卻要求我先對她作檢查，我想，這裏面肯定有原因。我不是那種思想僵化的人，當然可以變通。「好吧，那你去檢查床那裏。」我隨即吩咐道。

當我看到她那個部位的時候，頓時明白她為什麼要我先對她進行檢查了。

當我分開她的下面，第一眼就看見了膿液，從她陰道處流出來的膿液。隨即吩咐護士拿來窺陰器，我給她放了進去，頓時發現裏面一塌糊塗。「生理鹽水。」我吩咐護士道。

沖洗過後就什麼都明白了，「你在什麼地方做的手術？」我問病人道。我可以肯定，她這是在某個私人醫院做的手術，因為我看見她陰部的毛髮很完整。從她陰道裏面的紅腫情況來看，她的這個手術的時間並不長。

「怎麼辦？」她沒有回答我，而是這樣在問我。

「你必須馬上住院，先消炎，然後重新做手術。」我說，心裏暗自納罕：這是一個什麼樣的病人啊？她如此漂亮，卻去到那樣的地方做手術，而且，我很清楚她所做的手術是什麼——陰道收縮術，與我曾經給常育做的那個手術一模一樣。可惜的是給她做手術的人太不負責任，竟然連控制感染的事情都沒有想到。

她沒有說話。

剛才，我看了她的穿著，發現並不是那麼的差，現在我見她不說話就更覺得奇怪了：難道她在考慮費用的問題？「費用不會很貴的。前期消炎，後面的手術，加起來幾千塊錢就可以了。手術也不大。」於是我說道。

「好吧。」她說道。

「現在你可以起來了，我再問你一些情況。」我說，隨即去拿起內線電話撥打科室，「請問現在還有幾個床位？」

「給我安排個單間吧。」女病人對我說道。我暗自訝異，對她說道：「單人病房收費要高些。」

「我就要住單人病房。」她說。

我不好多說，「好吧。現在單人病房比較擠，我問問看還有沒有。」病房的值班護士告訴我說還有單人病房，於是我開始給她填寫住院單。在診斷那一項上面我寫的是：術後感染。

我給她開好了住院單，「你先去交五千塊錢。今後我們會儘量替你節省。」

這是我們當醫生的套話，因為只有這樣病人才會放心地去住院。

她沒有說什麼，拿起住院單和門診病歷就準備離開。我隨即去對護士道：「你看看還有病人嗎？」

這時候剛才這個病人卻轉身道，「醫生，我想住在你管的病床上。可以嗎？」

「我管的病床沒有單人病房了。」我說，「都一樣，其他醫生都一樣的。」

「那我就不住院了。」她說。

我很詫異，「為什麼？其他醫生真的都一樣。」

「不一樣。我是第一次遇見態度這麼好的醫生。」她說。

「不是這樣的，我們其他醫生的態度也很好，真的。你不是要住單人病房嗎？」我再次勸她道。

她不再說話了，轉身出了診室。

護士從外面進來了，「馮醫生，沒有了。現在已經要到下班的時候啦，今天就這樣吧。剛才這個病人好奇怪，怎麼會出現那樣的情況呢？又不像沒錢的人。」

「病人的事情誰也說不清楚，算了，別管了。」我說，腦海裏歐陽童的事情又跳躍了出來，「好吧，就這樣。你先回去吧，我也要走了。」

我在想，是不是應該給歐陽童打這個電話。其實有一點我非常清楚，那個叫小青的女孩子馬上就會被暗暗地控制，至少會有人暗地去找她談話。因為她的情況醫院已經報上去了，而她還是在校學生。所以，歐陽童被暴露是遲早的事情。現在的問題是，他究竟被感染上了沒有？

我正猶豫時卻有電話打進來了，是上官琴，「我在醫院門口。你下班了吧？」

「下班了，謝謝。不過你得稍微等我一下，我要馬上處理點小事情。」我說。就在這一刻，我決定給歐陽童打電話。因為他是我同學，我不想讓他到時候措手不及。我想到了宋梅的死，想到了他因為忽然的死亡而造成了他的那些資產沒有來得及處理的事情。

電話通了。「怎麼？晚上有空啦？太好了。怎麼樣？我們去喝幾杯？」他很高興的語氣。

「你那個女朋友在你身邊沒有？」我卻沒有他這麼好的心情。

「沒在。她回學校去了。」他說，「怎麼樣？我讓她給你也找一位黃花閨女玩玩？花不了多少錢的。」

「她和你在一起的時候真的是處女？你們什麼時候開始交往的？」我問道。

「你這話是什麼意思？怎麼像員警一樣？」他的語氣頓時變得不悅起來。

「你快告訴我。我這樣問你當然有目的了。」我說，心裏有些煩躁起來。

「我們交往的時間也就三個多月吧。我不是才過來沒多久嗎？她當時絕對是處女，我都看到她出血了的，而且我進去之前還檢查過。」

「歐陽，你確定她當時就是處女？沒有修補過？」我繼續地問道，心裏越加擔憂。

「那就不知道了。我又不是醫生，怎麼可能分辨得出來？不過我覺得是真的。因為我和她第一次的時候她緊張得全身在發抖呢。真的，完全是女人第一次那種緊張的樣子，她全身抖得很厲害。還有，我剛剛進入的時候，她的那聲痛苦的叫喊。對了，你是醫生，到時候你自己可以看的啊。怎麼樣？就這樣決定了？」

我越聽越緊張，「那麼，你確定她自從跟了你之後，就你一個男人？她沒有和其他男人交往過？」

「她敢！」他猛然地大叫了起來，「喂！馮笑，你今天究竟怎麼回事？怎麼我覺得你的話不大對勁啊？」

這下我幾乎可以判斷了，應該是歐陽童先患上那個可怕疾病，然後由他傳染給了那個叫小青的女孩子。我不禁歎息：那麼一個漂亮清純的女孩子就如此凋謝了。

「喂！你說話啊？究竟怎麼回事？」電話裏傳來了他的大叫聲。

「歐陽，今天在給你那位女朋友檢查的時候，發現她患有愛滋病。你也應該去檢查一下。」我終於說了出來，全身緊繃著的神經稍微鬆弛了些許。

「……馮笑，你別開玩笑。」一會兒之後我才聽到他的聲音，聲音在顫抖。

「我不會與你開這樣的玩笑。我們是老同學，曾經還是好朋友。你真的應該去做一次檢測。你應該明白我的意思。」我真誠地對他說。

「馮笑，你混蛋！你為什麼要對她做那樣的檢測?!」猛然地，我聽到電話裏傳來了他的咆哮。「我……」我很忐忑，但是電話卻已經被他掛斷了。

準備再次給他撥打過去，但是想了想，還是歎息著放棄了。

心情頓時糟糕起來。

現在我彷彿明白了一樣東西：命運這東西或許就是由許多這種偶然組成的。正因為它的偶然和不可預測，所以才會被人們認為是命運。

於是我就想：假如今天那個叫小青的女孩子沒有碰見我的話，如果是其他醫生給她作檢查的話，會不會順便給她做愛滋檢測呢？也許會，也許不會。問題是，現在的結果已經出來了，由此她，還有歐陽童的命運就會發生快速的變化。是變化，不是改變。

在歐陽童患上愛滋的那天起，那個結局就已經定下了，無法改變。或許還可以追溯到更前面，就在歐陽童某次出軌的那一刻。也或者是他老婆的問題。現在，因為我的出現，只不過把結局提前了些罷了。

我當然清楚，歐陽童最後那句罵我的話並不是針對我來的，那僅僅是他失望的怒吼。愛滋，多麼可怕的疾病啊，任何人患上後都會只有一個結果。他肯定被嚇壞了，肯定在我告訴他的那一刻，他頭上的那片天猛然地坍塌了。

他的命運就這樣出現了變化，包括那個叫小青的女孩子。不，還有一個人，趙夢蕾。也許。

第五章

官方氣場

他朝我伸出了手來，我趕快去將他的手握住。
我竟然在情不自禁中微微地彎下了腰去。
感覺自己被一種無形的威壓給鎮住了。
他身上好像有一種可怕的力量存在，
如同我看見那位省裏的領導時感覺一樣。
他們都有著同樣的氣場。

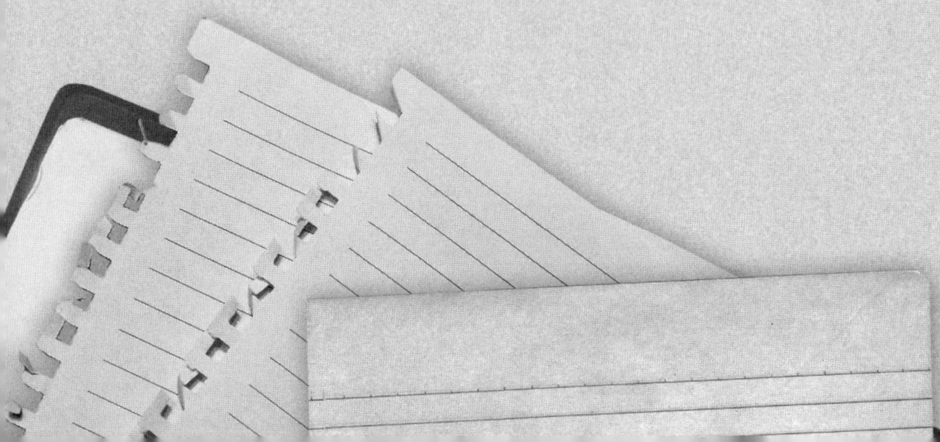

「怎麼？我怎麼看你情緒不好？」上車後上官琴問我道。

我苦笑著搖頭，「沒有。」

她依然在看我，「你肯定有事情。我發現你的臉色不對，蒼白得很。是不是生病了？」

我依然苦笑，「我是醫生呢。」

她大笑，「你是婦產科醫生罷了。呵呵！和你開玩笑的啊，你別在意。算了，我不問你了。這樣，我給你講一下莊晴的事情。」

我頓時來了精神。

「她沒有給你打電話？」她問道。

我搖頭，「我今天門診，她可能擔心被診室的護士聽到她的事情了吧。怎麼樣？今天你們去的情況怎麼樣？」

「模特兒公司的老闆很滿意。那個老闆說，莊晴的小腿是他見過最漂亮的。」

她笑著說。

我心裏忽然不是滋味起來，「他看了她的小腿了？怎麼看的？」

她看著我，隨即猛然大笑起來，「哈哈！馮大哥，你吃醋了？」

我頓時覺得自己太小心眼了，所以有些尷尬起來，「沒，沒有。然後呢？」

「哈哈！看你的樣子真好玩。那位老闆讓莊晴脫了褲子，就站在他面前。那位老闆的眼睛都看直了，發出了『嘖嘖』的稱讚聲，直誇莊晴的小腿長得漂亮呢。」她說。

我發現她的神情有些古怪，而我的心裏更加不舒服起來，覺得心裏憋悶得慌。我不再說話，腦子裏卻浮現出了莊晴不穿褲子站在那個男人面前的樣子，頓時感覺到呼吸困難起來。現在，我開始後悔起來。

上官琴卻好像一點沒有察覺到我的這種心情，她繼續說道：「不過，那個老闆說莊晴的基本功太差了，身體一點不柔軟，連最基本的舞蹈動作都不會。」

「那就算了唄。」我悶聲悶氣地說，心裏頓時有了一絲欣喜。

「可是，那位老闆又說了，他說莊晴的身體條件不錯，胸部也很飽滿，特別是她那樣的小腿，很難見到。所以還是決定馬上與她簽約，然後對她進行一段時間的培訓。」她繼續地道。

我心裏又不舒服起來。胸部？他連莊晴的胸部都看了？

「哈哈！馮大哥，你真的生氣了？」她卻大笑著問我道。

「沒有！」我悶聲悶氣地道，心裏有一種想要哭的衝動。我也不知道為什麼。

「還沒生氣?!算了，我也不逗你了。哈哈！我告訴你吧，那家模特公司的老闆是一個女人。很漂亮的女人。馮大哥，這下你心裏舒服了吧？」她再次大笑。

我頓時驚喜起來，「真的？」隨即變得不好意思了，「這樣好，這樣好啊。」

她大笑，「馮大哥，看來你是真的喜歡莊晴啊。哎！你們男人真奇怪，竟然可以同時喜歡好幾個女人。」

「你們女人不會同時喜歡幾個男人？」我問道，想也沒想地就問了出來，因為我還沉浸在剛才被告知那位老闆是女人的喜悅之中。

「我們女人大多數都很專一，只會喜歡一個男人的。除非那個男人變心了，或者死了。」她說。

我一怔，不以為然。

「對了馮大哥，你有發現嗎？莊晴是不是很像一個人？」她接著問我道。

「像誰啊？」我問道。

「我也是第一次被那位老闆提醒才想到的。莊晴長得還真的像一位女明星。下午我回去後上網看了看，真的很像。馮大哥，你豔福不淺啊。哈哈！」她又是大笑。

我即刻很快地在腦子裏把那些女明星想一遍，還是沒有想起來莊晴像誰。「你說說，她究竟像誰？」

「韓國的，宋慧喬。你有印象嗎？」她問我道。

「宋慧喬是誰？」我莫名其妙。平常，我很少看電影和電視，對國內的女演員也只局限於很少的幾個。國外的就更不知道了。

「馮大哥，你落伍了。」她搖頭歎息。

我頓時笑了起來，「你不也是回去在網上查了才知道的嗎？」

她大笑，「我和你一樣，落伍了。」

上官在一家富麗堂皇的酒店停車場停了車。我跟著她朝酒店裏面走去。

「今天林總究竟請誰吃飯啊？」我忍不住地問道。我想：今天安排在這樣的地方，林易的那位客人肯定不是一般的人。林易雖然低調，但是他很懂規矩的。說實話，我一點都沒有因為他以前不在這樣地方請我吃飯而感到生氣。我知道自己的斤兩有多少。

可是，她卻依然很神秘的樣子，「馮大哥，你一會兒就知道了。」

「故弄玄虛。」我笑道。其實我已經感覺到今天林易要請的人是誰了，肯定是常育。

隨上官琴坐電梯上到三樓，這層樓應該是中餐廳的雅間。腳下是厚厚的、紅底黃色圖案的地毯，踩上去的時候感覺腳下軟軟的很舒服。

過道兩側的裝修很豪華，牆面以紅色為主調，其中鑲嵌有金黃色，看上去富有帝王般的貴氣與富麗。兩側不時有身穿紅色花紋旗袍的服務員走過，我發現她們的身高都在一米七左右，身材婀娜，容顏秀麗。

終於到了一個雅間的門前。那裏站有一位同樣穿著打扮的服務員，她微笑著在向上官琴打招呼，「您來了？」

上官琴朝她點了點頭，「他們到了嗎？」

「剛剛到了三位。」服務員微笑著回答。

我跟隨上官琴進入到雅間裏面，當我看見裏面的情況時，頓時呆住了——裏面除了林易之外，竟然還有沈丹梅和孫露露！

「馮大哥來了？」她們在朝我打招呼。

「你怎麼認識她們的？」我詫異地去問林易。這時林易已經朝我伸出了手來。我們的手握住了，「我早就認識她們了。」他說。

我彷彿明白了：這兩個女人原來是傳說中的交際花，專門替老闆陪客人的。

現在，我明白了一點：林易今天要請的客人絕不會是常育，因為他絕不會叫這兩個女人來陪一位女性官員的。

「林大哥，你今天請的客人究竟是誰啊？怎麼如此神秘？」我笑著問他道。

「只是在你面前神秘罷了，因為我擔心先告訴了你之後，你很可能不來啦。」

他大笑著說。

我更加奇怪了，「究竟是誰啊？」

「端木雄。常廳長的前夫。」他笑著回答，臉上是一種古怪的笑容。

我大吃一驚，轉身就想逃跑。

我萬萬沒有想到林易今天要請的人竟然會是端木雄！

端木雄的名字我不止一次聽人提起過，最關鍵的是：這個端木雄是常育的前夫！而我，和常育卻有著那樣的關係。所以，當我聽到林易說出那句話來之後頓時就被嚇住了！

林易卻握住我的手不放，「來，老弟，快來坐。趁端木專員還沒到，我們先聊聊。老弟，你知道我今天為什麼要把你叫來嗎？」

我腦子裏面一片空白，完全沒有了思考的能力，「為什麼？」我聽到自己在問，同時發現自己已經坐了下來。

「上官，你帶小沈和小孫出去一下，順便到樓下接一下端木專員。」林易隨即吩咐道。

她們即刻出去了。

「是這樣。」他對我說道，我竭力地讓自己紛繁的思緒清醒起來，我的耳邊聽到他繼續在說道：「有件事情我沒有告訴過你。我與常廳長合作的事情是經過端木專員同意了的，而且常廳長也知道我和端木專員的關係。只不過是通過你搭了一個橋樑。老弟，你不要生氣啊。」

這下我變得清醒了起來，「不會吧？」

「常廳長和端木雄曾經是夫妻，雖然兩個人在感情上破裂了，但是他們的政治敏感性卻是一致的。也就是說，在政治上他們有著共同的認識，同時又對可能存在的危險有著同樣的警覺。」他繼續地道。

我更覺得莫名其妙了，「什麼意思？我不明白。都離婚了，而且兩個人現在的關係好像也不好。怎麼會呢？」

「我說一句話你就明白了。那就是：常廳長雖然在感情上痛恨端木專員，但是她完全相信端木專員的判斷能力。明白了吧？」他笑道。

我似懂非懂，「你的意思是說，常廳長在政治上依然和端木專員保持著一致？不會吧？」

他點頭，「從某種角度上講，可以這樣說。不過你說的還不準確。我說得再明白一些吧，就是：常廳長在內心裏面完全同意端木專員對某些事情的判斷能力，包括他對某個人的評價。」

這下我終於明白了，「你的意思是說，因為端木專員認為你是可以信賴的人，所以常廳長才會答應和你合作。是這樣的吧？」

他大笑，「馮老弟真聰明。」

「那你幹嘛把我拉扯進來？」我說，心裏依然忐忑、惶恐。

「你是中間人啊，端木專員也需要你作為中間人幫他銜接與常廳長的關係呢。他們不是已經離婚了嗎？而且常廳長直到現在還很反感甚至痛恨端木專員。所以他也需要你從中斡旋呢。」他說。

「怎麼會呢？你不是說常廳長是聽了端木專員的話之後才信任你的嗎？」我不解地道。

「是這樣。」他說，「上次我在常廳長的辦公室裏面給端木專員打了個電話，然後把電話給常廳長接聽了。常廳長當時並沒有反對，而是耐心聽了那個電話很久，可是後來卻對著電話大罵了端木專員一頓。你知道這是為什麼嗎？」

我頓時奇怪了，「為什麼？」

「就是我剛才說的啊。」他低聲地對我道，「因為他們前面談的是工作上的事情，後面端木專員提到了他們之間的感情問題了。明白了嗎？」

我還是不明白，因為我不知道這些當官的人究竟是怎麼想的，我很不理解。

「現在端木專員已經與常廳長離婚了，他當然不會再去管常廳長的私人生活了。所以你一點都不需要緊張。老弟，我打一個不恰當的比方。假如我今天請的是常廳長，而來陪同她的卻是端木專員的女性朋友，你覺得常廳長會生氣嗎？當然，她可能會有些生氣，因為她是女人。但端木專員是男人啊，而且他早就對常廳長沒有什麼感情可言了。道理就是這麼簡單。」他微微地笑。

聽了他的這番話後，我心裏不再像剛才那樣緊張、惶恐了，但卻依然感到忐忑與惴惴不安。「可是……」我說，依然不想留在這裏。

他拍了拍我的肩膀，「老弟，我們是男人，正因為我們是男人所以我們才應該大氣一些，只有這樣才可能做出一番大事業出來。你看端木專員，他能夠在那樣的情況下來一個鹹魚翻身，這是一般的人能夠做到的嗎？有時候該放下臉皮就得放下臉皮，該出手就得出手才是。這個世界只認勝利者，沒有人會同情失敗者的。你說是不是？你想過沒有？你現在雖然只是一個小小的婦產科醫生，但是你的作用早就超越了一位醫生的範圍了，我覺得你現在比你們醫院的院長還要厲害呢。而且，你還有那麼多事情需要處理。你老婆的事情、陳圓、莊晴等等，那些事情哪樣不需要你變得更強大才處理得好啊?你說是不是這樣?」

他的話讓我頓有震耳發聵、醐醍灌頂之感。

「作為男人，有時候就是要不擇手段。這句話雖然難聽了些，但現實就是這麼的殘酷。我這個人從來都是這樣，一方面對自己的朋友交心，真誠相待，滴水之恩湧泉相報。另外一方面就是敢作敢為，看準了的事情就會想盡一切辦法去做到。正因為如此，我的公司才能夠有今天這樣的發展。老弟啊，人生一世，草木一秋，我們活著就要活出一種真實的自己。你說應不應該這樣?」他語重心長地說道。

我點頭。說實話，我已經完全地被他說服了。不過，我還是有一點不大明白，「真實的自己是什麼?我這個人就只想當一個好醫生，好像不需要像你這樣勞累吧?」

「哈哈!你說得對。我確實很勞累。不過我們作為男人，在內心有一樣東西是完全相同的，那就是野心。你說你只想當一位好醫生，我完全相信。不過我覺得這並不是你思想的全部，或者說這不是你內心最真實的期盼。我給你說吧，以前，在我最失意、最落魄的時候還夢想自己有朝一日成為國家總理呢。哈哈!成為一人之下萬萬人之上的夢想，是每一個男人都有過的。」

我頓時深以為然，因為他說的那個夢想我也曾經有過，在我上高中的時候。那時候我就想：假如某一天我成了國家的總理後，趙夢蕾會不會成為我的妻子？當然，在那個夢想清醒之後，我覺得自己很好笑。

這時候忽然聽到有人在敲門，隨即是服務員的聲音，「請進。」

林易急忙地站了起來，低聲地對我道：「他來了。」

他說完後就小跑到了雅間的門口處，我也急忙站了起來，跟上了幾步。這一刻，我的心裏再次惶恐起來。

「哈哈！在門外就聽到林老闆的笑聲了。看來今天林老闆很高興啊。你們在談論什麼話題啊？這麼高興。」一個洪亮的聲音響起，我即刻看到一位身材高大、相貌堂堂的男人走了進來。他穿的是一套非常考究的西服。

他的身後是三位淺笑著的漂亮女人。

「端木專員，很久不見啊。昨天你給我打了電話後，讓我差點失眠了呢。」林易去握住了端木雄的手，笑道。我發現林易的話雖然是在奉承，但是模樣卻很自然、隨意。

「你呀！還是那樣。」端木雄伸出指頭在空中點了點林易，大笑道。

「端木專員，你可不一樣了啊。」林易笑道。

「哦？我有什麼不一樣的了？」端木雄詫異地問。

「你可變得神采奕奕了。對了，我發現你好像鴻運大發了。」林易說，隨即去看端木雄的臉。

端木雄的笑臉頓時收斂了回去，隨即淡淡地道：「林老闆開玩笑了。」

我想不到這個人的臉色竟然說變就變，中間沒有任何的過度。

林易卻似乎並沒有注意到他的這種變化，繼續地、神秘地道：「端木專員，你的前額發亮，雙眉的正中透出一股紫氣，這是要高升的跡象啊。」

端木雄一怔，隨即大笑，「林老闆，你什麼時候學會看相了啊？我可是唯物主義者，根本就不相信那些東西的。」

在林易說話的時候我也在悄悄看端木雄，雖然沒有發現他什麼前額發亮，但確實看見他的雙眉之間有一道紅色的斑塊。我心裏不禁覺得好笑：不就是因為瘙癢造成的嗎？

可是，我接下來卻聽林易在說道：「端木專員，我可是很早以前就學會了看相的啊。只不過從來不說出來罷了。因為你們是領導幹部，我知道你們很反感這樣的東西。端木專員，你知道在你前些日子人生最低落的時候，我為什麼要一直和你交往嗎？實話告訴你吧，除了我們一直是好朋友的關係之外，還有就是我早就看出來你不是一般的人了。你的前途遠大著呢。哈哈！」

我當然不會相信林易的這些鬼話，不過我覺得他的這番話比任何的奉承方式都更容易讓人接受，而且還非常的得體。我在心裏對他佩服萬分。

「哦？真是這樣的嗎？好，好！一會兒我們喝酒的時候你再慢慢說。我對中國古典文化還是很感興趣的，那都是我們祖先的智慧啊。對了林老闆，這位就是馮醫生吧？」他說著，目光便朝我的方向看來。

雖然我早有思想準備，但是在這一刻還是驟然地緊張、惶恐了起來。

「對。來，馮老弟，我給你介紹一下我們的端木專員。他可是一位好大哥呢，為人豪氣而且還很有智慧……」林易隨即對我道，但是卻被端木雄即刻打斷了他的話，「好啦，你就別吹捧我了。想不到馮醫生竟然這麼年輕啊，而且還如此帥氣。幸會！」

他說著就朝我伸出了手來。我趕快去將他的手握住。不知道是怎麼的，我竟然在情不自禁中微微地彎下了腰去。待我發現了自己這個情不自禁的動作並在心裏暗暗責罵自己的時候，卻又感覺自己被一種無形的威壓給鎮住了。我感覺到了他的身上有一種可怕的力量存在，就如同那次我看見那位省裏的領導時感覺一樣。他們都有著同樣的氣場。

我是小人物，所以更能夠感受到這種氣場。這一刻，我彷彿明白了這一點。

「端木專員好。」我聽到自己在如此地對他說。

他的手好大，好溫暖，好有力。我發現自己的手心和後背已經在開始出汗了。頓時在心裏羞愧萬分：馮笑，你怎麼如此沒出息？

幸好他即刻鬆開了我的手，隨即去看林易，「我們開始吧。」

端木雄坐的是首位，林易說了一句「請端木專員坐首位」後，他一點都沒拒絕，然後直接地就坐到了那個位置上去了。隨即林易把沈丹梅和孫露露安排在了他的左右兩側，孫露露的旁邊是我，林易自己坐到了沈丹梅的身旁，我的另一側是上官琴，她與端木雄正對。

「林老闆，今天安排的什麼酒啊？」端木雄沒有反對這樣的座位安排，他笑著問林易道。

「我知道端木專員喜歡喝茅台，但是現在酒店裏面的酒太假了，所以我自己帶來了一件。可是十年的陳釀哦。」林易笑道。

「好。謝謝林老闆考慮得這麼周全。」端木雄笑道，隨即又道：「林老弟，馮老弟，今天我們是朋友聚會，就不要互相稱呼職務了吧，不然彆扭得很。」

「端木大哥既然這樣說了，我們當然照辦就是。馮老弟，你說呢？」林易來問我道。

我依然緊張，「行。」

「端木大哥的這個提議太好了。」沈丹梅說，隨即輕笑。

「端木大哥，那你叫我什麼呢？」孫露露問道，露出了嘴角的兩個漂亮小酒窩。

「露露。我就叫你露露好啦，還有丹梅。這樣多好？」端木雄大笑，隨即又去對上官琴道：「對了，我只能叫你上官妹妹了。林老弟啊，你身邊的美女太多了，我羨慕得很呢。」

「大哥，我的不就是你的嗎？」林易大笑。

「那豈不亂套了？」端木雄也大笑，「開玩笑的啊。哎！現在我整天忙得暈頭轉向的，整天開不完的會議，還有講不完的話，難得像今天這樣輕鬆一下。對了林老弟，你再說說看相的事情。」

「我們先喝了第一杯再說吧。好嗎大哥？」林易問他道。

「對，這樣好。」端木雄說，隨即舉杯，「來，祝各位週末愉快。」

今天明明是林易請客，但是從說話到行為都是端木雄處於主導地位，而且他這樣還讓人一點都不覺得有什麼不對勁的地方。我暗自感歎：這人啊，就是不一樣。

接下來林易卻並沒有即刻說看相的事情，他在敬端木雄的酒。「大哥，好久不見你了，說實話，你下去工作後我還真的不大習慣。對了，你說的關於到你們地區投資的事情，我已經安排好了。你就放心吧。」

「好。」端木雄說，隨即豪氣地將酒喝下了。

我再次忐忑起來，因為我知道接下來該我敬他的酒了。再忐忑我也得去敬，所以我隨即站了起來，「端木專員，哦，不，端木大哥，」我是有意這樣稱呼他的，因為我實在不能直接叫出「大哥」兩個字來，「我敬您一杯。我不大會說話，呵呵！我祝您步步高升。」

「馮老弟，你確實不大會說話，怎麼能這樣對我說呢？」他也站了起來，但是臉上卻很嚴肅的樣子。我心裏頓時惶恐起來，腦子裏面再次出現了一片空白的情況，「端木專員，您……」

這時候，我卻聽到他繼續在說道：「你是醫生，你應該祝我身體健康才對。」

他說完後即刻大笑起來。

我內心的惶恐在他大笑的那一刻頓時煙消雲散，「對，對！」

「端木大哥，你也錯了。」可是，當我們剛剛喝下杯中酒的時候，卻聽孫露露在說道。

「哦？我怎麼錯了？」端木雄問，滿臉詫異地樣子。

「馮大哥是婦產科醫生呢。他祝你身體健康的話，好像也不大合適吧？」孫露露掩嘴而笑。

「哈哈！你這個小丫頭，哈哈！」端木雄大笑。

所有的人頓時都笑了起來。

我感覺到了，沈丹梅和孫露露應該早就認識端木雄，不然的話，她們不會像這樣在他面前如此的隨便。

隨後三位女士分別去敬端木雄的酒，我去敬林易，然後依次敬下去。除了端木雄之外，其他的人都像我一樣地敬酒。

每人一圈後林易才說道：「端木大哥，其實我看相的水準還沒有我測字的水準高呢。」

「哦？測字是什麼？」端木雄問道，同時在吃菜。其餘的人都把注意力集中到了林易的身上去了。

「就是你隨便說一個字，我就可以通過你給我的這個字，說出你想要知道的事情。這也是一種預測的方式。」他說。

「你這才是真正的封建迷信。」端木雄笑著說，完全一副不相信的樣子。我也這樣覺得。

「中國的文字是象形文字。所以每個字裏面包含著許多的資訊。有人說，當一個人說出某個字的時候，其實就包含了他潛意識的東西了，還有人說，當一個人說出某個字的時候，就已經體現出了人類的一個神秘的能力，那就是第六感，或者說是對未來的預測能力。雖然說法不一樣，但是我覺得很有道理。因為它確實太準了。端木大哥，如果你不相信的話，可以試試。」林易笑著說。

「你先來？」端木雄去問沈丹梅。

「好。那我說一個『丹』字，就是我名字中間的那個字。你說說我現在遇到了什麼事情？」沈丹梅隨即道。

林易卻沒有即刻回答她，而是去對那位服務員道：「請你出去一下，把門關上，沒有我的同意不准進來。」

那位服務員本來正聽得興趣盎然，但是現在卻不得不出去了。我看得出來，她離開的時候有些戀戀不捨。

「你搞什麼名堂?故作神秘嘛。」端木雄笑道。

「端木大哥，你的身分不一樣，這樣的事情傳出去了不大好。」林易卻說道。

端木雄頓時收斂了笑容，微微地點頭。

林易這才去看沈丹梅，沈丹梅用手撫胸，笑道：「哎呀！我好緊張。」

林易微微一笑，依然在看著她，隨後緩緩地說道：「你最近在吃藥，而且你懷孕了。」

沈丹梅大吃一驚的樣子，「吃藥倒是真的，懷孕？我自己怎麼不知道？」

「肯定懷孕了。」林易認真地道。

「反正隨便你說，怎麼證實？」端木雄大笑道。

林易來看我，「這裏不是有一位婦產科醫生嗎？」

我大驚，「林大哥，你這話什麼意思？總不可能在這裏……」

「我還真的不相信。馮醫生，你就在這裏給我看看。」讓我想不到的是，沈丹梅竟然認真了起來。

我完全想不到她竟然會這樣，反倒呆住了。

「對，就在這裏給她檢查吧。對了林老弟，你去看看雅間的門反鎖了沒有？」端木雄大笑著說。我感覺他好像是喝多了。

「我剛才吩咐了的，沒有我的招呼，沒人敢進來。」林易說。

我發現所有的人都在看我。身旁的孫露露在輕笑，而上官的臉上卻是古怪的笑容。

沈丹梅將她所坐的椅子朝後方挪了挪，然後開始脫褲子，嘴裏在說道：「我不相信你說得那麼準。」

我不禁駭然。猛然地，我想起了一種方法來，急忙地道：「沈小姐，你別……你過來。」

她停止了動作，笑吟吟地看著我，「馮大哥，我真的過來了哦？」

我知道她誤會了我剛才的意思，「你過來吧。」

她真的過來了。我對她說道：「把你的手給我。」

「手？你要我的手幹嘛？」她詫異地問道。

「懷沒懷孕，通過脈象就可以知道的。」我說，隨即去給她把脈，我慢慢地感受，摸到了，嘴裏對林易說道：「林大哥，你真厲害。她確實懷孕了。我摸到了她的滑脈。」

「滑脈是什麼？」孫露露詫異地問道。

「就是感覺到玉珠滾玉盤的那種感覺。也就是說，懷孕女人的脈象摸起來的時候，有一種滾珠在手指上面滾動的感覺。」我解釋道。

他們都在摸自己的脈象，除了端木雄。

「我怎麼覺得我手上也有那樣的感覺？」林易忽然地道。

「那是因為你也懷孕了。」孫露露對他說。所有的人再次大笑。

「馮老弟這個辦法好。如果真的有人進來看到丹梅妹妹脫了褲子、馮老弟在那裏看的話就麻煩了。畢竟端木大哥那樣的身分，這裏又不是我的產業。」林易說。

我頓時明白：可能剛才我的這個舉動有些讓端木雄興趣索然，而林易的這句話很顯然的是在替我解圍。

「林老弟，我很懷疑是你和丹梅小姐早就串通好了的。這個不算。」端木雄笑道。

我頓時鬆了一口氣，因為剛才端木雄的話表示他並沒有懷疑我。

「那我說一個字好不好？」孫露露說。

「你也不行，你們比我先來這裏。」端木雄搖頭道，「除非你說出一個字來，讓他測馬上會發生什麼事情，發生的時間就在我們吃飯完成前。」

端木雄的這個題目太厲害了，因為他說的是真正的預測了。誰知道一會兒這裏會發生什麼事情？我心裏想道。

可是，林易卻一副沉穩、自信的樣子，「沒問題。」

「那我說了啊。」孫露露說，卻來看著我笑，「我說一個『笑』字。」

林易頓時皺眉，「好奇怪。」

「怎麼啦？」孫露露詫異地問他道。

「服務員馬上就會敲門了。」林易說，話音剛落，我就聽到門口處傳來了敲門聲。所有的人不禁駭然。

「進來吧。」林易對著門口說道。

服務員進來了，她歉意地對林易說道：「對不起，林總。我們酒店的老闆聽說您在這裏，所以想來敬杯酒。」

「好吧。」林易點頭。

這時候一位大約三十來歲的女人走了進來，身著黑色女式西裝，容顏美麗，雙目顧盼生輝，她手上端著酒杯，「林總，今天我們酒店真是蓬蓽生輝啊。」

「你先去敬端木專員，還有馮醫生。」林易對她說道，隨即介紹道：「這是這裏酒樓的湯經理。」

這位湯經理很會看事，她直接去到端木雄的身旁，「領導好，歡迎您親臨這裏。如果我們有什麼服務不周到的地方請領導批評。我敬領導一杯，您隨意，我乾了。」

端木雄朝她微微一笑，並沒有站起來，而且架子端得很大，他端起酒杯淺淺一酌隨後放下。

「謝謝領導。」湯經理朝著端木雄的側面笑道，隨即來到了我身旁。服務員給她斟滿了酒。

我可不能像端木雄那樣坐著了，急忙舉杯站了起來，「馮醫生是吧？來，我敬你。歡迎。」

她與我碰杯後隨即喝下。我也喝了，同時對她說了聲「謝謝」。

「馮醫生是那個科的醫生啊？」她問道。

「婦產科。」我回答。

她頓時呆住了，然後訕訕地笑：「你真會開玩笑。」

「他真的是婦產科醫生。」我旁邊的孫露露說。

「你是男的啊？」湯經理詫異地道。

所有的人大笑。

湯經理也笑了起來，「我知道了，你們都和我開玩笑呢。」

這下好了，所有的人再也止不住自己的笑了，包括端木雄。唯有我自己不好隨同他們一起笑。

服務員早笑得跑了出去。湯經理看著一桌的人莫名其妙。

「今天好高興。」湯經理出去後端木雄笑道，「馮老弟這個題目出得好。笑死我了。林老弟，我可是第一次知道你還有這樣的本事。今後我可要慢慢向你請教呢。今天的酒就這樣吧。」

「端木大哥，接下來還安排了節目的呢，你不會有其他的事情吧？」林易說。

「什麼節目？」端木雄笑瞇瞇地問他道。

「唱歌去啊，老地方，怎麼樣？」林易說，臉上的笑容有些古怪。

「行。」端木雄道，「不過我有個條件。」

「你說。」林易依然笑容滿面。

端木雄卻來看我，然後又去看了幾個女人，「那就是在座的所有人都必須要去，而且必須一起做遊戲。」

第六章

荒唐遊戲

「上官，難道你真的要和我們玩那個遊戲嗎？」
「玩啊，幹嘛不玩？」她說，隨即繼續地笑。
我心裏頓時五味雜陳起來。
我一直把她當成很有能力的白領女性，
她美麗、善懂人意、還有幾分知性，是我極為欣賞的。
但現在，我發現那些感覺好像錯了。

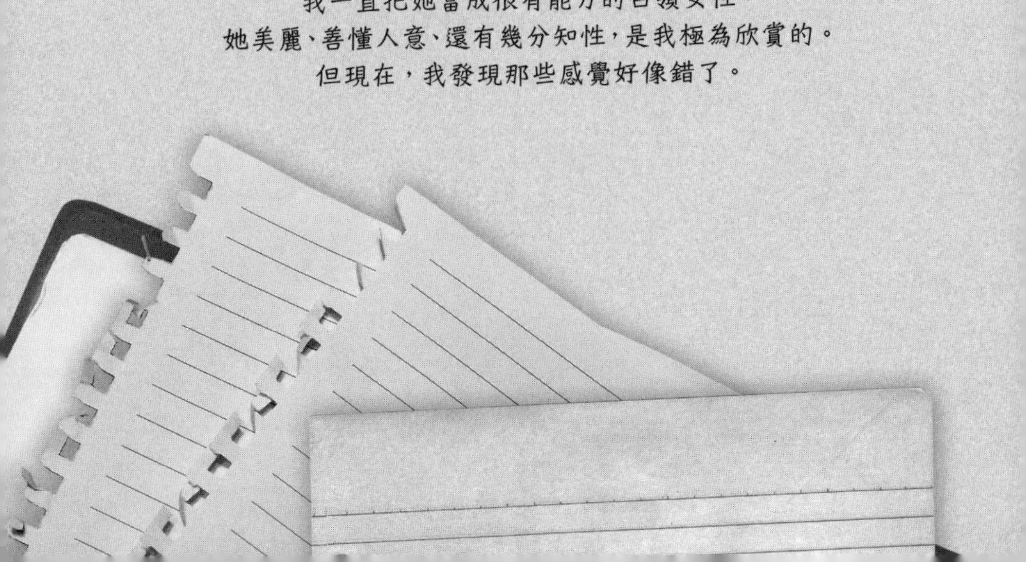

一行人出了酒樓，朝皇朝夜總會而去。三個女孩子一輛車。林易、端木雄，還有我一輛車，林易親自駕車，那邊當然是上官琴在開車啦。

端木雄坐在了副駕駛的位置上面，我坐後面。

「林老弟，你今天測字的水準可是神乎其技啊。難道測字真的可以預測一個人的一切？」端木雄忽然說到了前面喝酒時候的那個問題上面。

我也覺得那件事情太不可思議了，於是我也說道：「是啊，太神奇了。」

「我是小時候跟一位鄉村的老先生學的。可惜那時候我的文化太低，學到的東西太少了。很多年前我落魄的時候就靠這玩意掙錢糊口呢。不過這樣的東西畢竟上不了台面，作為酒後的遊戲倒是不錯。」林易笑道。

「你今天看我的面相說我又要升遷。這不大可能吧？要知道，我才到現在這個崗位沒幾天啊？」端木雄道。

「端木大哥，其實看相、測字這樣的東西最多只能相信一半。因為我們認為，一個人的命運包括兩個部分，一個是命，還有一個是運。命是上天早就給一個人註定了的，無法改變。而運卻存在著許多的變數。假如上天註定一個人會當皇帝，但是這個人如果不去爭取的話，他的運就會發生改變。康熙朝的時候九子奪嫡的故事不就正說明了這一點嗎？太子在位幾十年他卻什麼都不去幹，自以為今後皇帝的位置就是他的，但是想不到後來卻被四阿哥給奪了去。唐朝李世民發動玄武門事件的故事也是這個道理啊。現在對於您的情況來看也是這樣。你們那裏的地委書記的年齡馬上就要到點了吧？這就是您的機會啊。不過，這件事情您得抓緊時間去爭取才行。」林易說。

端木雄沉默了一會兒後說道：「林老弟，謝謝啦。」

說話之間我們就已經到了皇朝夜總會的大門前。

今天我才發現皇朝夜總會竟然有著大大的招牌，而招牌上面的霓虹燈璀璨無比。夜幕下，這地方的燈光最明亮，它顯得太獨特了，甚至有些孤獨。所以，這地方看上去依然有些冷清。我知道，這樣的地方從外邊看上去冷清是必要的，只要裏面熱鬧就行。我覺得林易把這家夜總會選擇在這地方，與他個人的處事方式極有關係：在低調的包裹下其實有著很深的內涵。

林易與端木雄並肩而行，我稍微後面一些，三個女人在我身後。林易與端木雄說說笑笑地進入，後面的我有些孤獨。

「馮大哥，我問你一個問題。」忽然發現上官琴到了我身旁，笑吟吟地問我。

「問吧。」我說。

「傷口長肉的時候，為什麼會發癢？」她問道。

我頓時明白了：她這是發現了我這種暫時性的孤獨，所以才特意來與我說話，而且問題也是臨時想到的。

我應該回答她。我心裏想道。「傷口在兩到三周後疤痕開始增生，局部出現發紅、發紫、變質並凸出皮膚表面，同時會新生出神經末梢，不過它們在這時候是雜亂無章的。由於處在增生期的疤痕組織對周圍環境的物理化學因素相當敏感，所以外界一有變化，疤痕便會出現痛和癢的反應，其中以刺癢尤為明顯。特別是在大量出汗或天氣變化時，刺癢常常到非抓破疤痕表皮見血才可以甘休的程度。」我的這個回答很容易懂，當然也很科學。

「馮大哥，你真有學問。」她笑道。

「這是醫學裏面最簡單的東西。」我說。

「可是，我曾經問過好幾個醫生這個問題，他們都回答不出來呢。」她說。

「我們的身體還有很多有趣的現象，只不過很多學醫的人不去注意我們身體很多現象所包含的醫學道理吧。」我回答說。

她頓時笑了起來，「看來留心處處是學問啊。對了馮大哥，這裏的那個遊戲，其中的道理也是這樣吧？」

我頓時不悅起來，因為我感覺到她的話裏帶有一種諷刺的意味，「上官，難道你一會兒真的要和我們一起玩那個遊戲嗎？」

「玩啊，幹嘛不玩？」她說，隨即繼續地笑。

我心裏頓時五味雜陳起來。在我的心中，一直把她當成一位很有能力的白領女性，她的美麗、聰慧、善解人意，而且還有幾分知性，她的這些特質都是我極為欣賞的。但是現在，我發現自己以前的那些感覺好像錯了。

還是那個大大的包房。

「上官，去把慕容雪叫來。今天怎麼沒看見她人呢？」林易吩咐道。

慕容雪，就是那個叫露露的女孩。她上次給我留下了深刻的印象，包括她的容貌，還有她的那漂亮的雙乳。

輕音樂已經在房間裏飄盪。我當然知道，今天來這裏的人都是醉翁之意不在酒，沒有誰真的是來唱歌的。

不過，今天我的心裏卻有著一種莫名其妙的興奮與衝動。因為今天與上次不一樣了，今天多了三個女人，我熟悉的女人。

沈丹梅，身材豐腴，高挑，而且她還曾經是我的病人。

孫露露，標準的美女，她嘴角的小酒窩很迷人。

上官琴，她總是讓我感到親切而又遙遠。

現在，她們都在這裏，而且即將和我們一起做那樣一個讓每一位男人都會感到興奮的遊戲。

上官琴進來了，她身後跟著慕容雪。

「抱歉老闆，我剛剛去化妝間了。」慕容雪一進來就朝林易鞠躬道歉，隨即去看端木雄，「啊？端木大哥也來了？很久不見啊，還有劉大哥。」她的記憶力真好，竟然還記得我姓「劉」。

「呵呵！慕容，來，來挨著我坐。」端木雄朝她招手。

「去吧。」林易說，並沒有責怪她。

慕容雪嫋嫋婷婷地朝端木雄走了過去，隨即坐在了他的身旁，手即刻挽住了他的胳膊，和她上次挽我的時候一樣。

端木雄去撫摸了一下慕容雪嬌嫩的臉，「慕容，越來越漂亮了啊。」

慕容雪也去摸了一下端木雄的下巴，「端木大哥，越來越帥了啊。」

所有的人都大笑。

我當然知道地區的專員是多大的官，但是現在，端木雄卻完全沒有一點官的樣子，他是人，一個活生生的男人。

進來了一排女人。二十多個。個個身材高挑，環肥燕瘦，各具其美。酒、果盤、各種小吃等，早已經擺上了桌。

「都把上衣脫了。」林易對那些女人說。一陣「嘻嘻哈哈」中，她們頓時都變成了半裸。一個個白晃晃的裸露著上身，一對對各種各樣的乳房在我們面前晃動。

端木雄哈哈大笑，「好玩，過癮！小沈、小孫，還有上官，你們都脫了吧。」

沈丹梅和孫露露發出一聲輕笑，隨即開始解衣。不多時，她們的上身也都光光的了。

「上官，你怎麼沒動？」端木雄笑著去問我身旁的上官道。

「我幹嘛要脫？」上官琴笑嘻嘻地道。

端木雄一怔，隨即右手離開了孫露露的那上面，指著上官琴笑道：「你說話不算話。你不是說了嗎，要和我們一起玩的嘛。」

上官琴「咯咯」嬌笑，「是啊，我說了的啊。慕容，你過來。」

慕容雪離開了端木雄，笑著去到了上官琴的身旁，她的上身特別白皙，雙肩瘦削，雙乳傲然挺立。她過來了，坐在了上官琴的旁邊。上官琴伸出手去抓住了她的一隻乳房，「端木大哥，我不是在和你們一樣玩嗎？」

端木雄一怔，隨即猛然大笑起來，「好，好！」

我心裏頓時鬆了一口氣，但是卻有著一絲隱隱的失望。不過，我覺得這個上官琴可真夠聰明的。

荒唐的遊戲結束，離開時，送我的是上官琴。我很擔心，因為我知道她已經喝醉了。

她坐上駕駛台後便開始匍匐在方向盤上面。我很擔心，「你別開車了，很危險。」

可是，我卻忽然聽見她在笑，她的肩膀在聳動，笑聲更大了。我駭然，因為我知道有些人喝醉後會像她這樣笑。「上官，你別開車，真的別開車。」我對她說，「你把車停在這裏，我叫車送你回去。」

她抬起了頭來，臉上沒有笑意，是一種奇怪的神色，「馮醫生，你是不是覺得我喝醉了？」

「你剛才是在裝醉？」我似乎明白了。

「你還不是也在裝醉？」她說，嘴巴癟了癟。

「我沒有。」我說，「我很奇怪，怎麼到後來越喝越清醒了呢？」

她大笑，「我讓人悄悄給你這邊的酒換成了紅糖水。」

我頓時明白了，「謝謝啊！」

她瞥了我一眼，「看不出來，你還有那樣的本事，竟然一個都沒摸錯。平常是不是天天在摸？」

這下我清醒多了，頓時感到不好意思起來，「什麼啊，我是醫生啊。我不是解釋過了嗎？」

她在點頭，隨即卻忽然看著我問道：「你們男人摸女人那個部位，是不是感覺很舒服？」

我頓時想起她今天也在摸的，於是笑了起來，「你不是也摸了嗎？你什麼感覺？」

「討厭！我是女人呢。幸好今天喝了酒，不然的話我肯定要起雞皮疙瘩。」她說，隨即便笑了起來，「今天端木雄肯定生我的氣了，不過我不怕他生氣。」

我聽到她直呼端木雄的名字，暗暗感到奇怪，「上官，你和他很熟是不是？」

「林總以前經常請他喝酒，大多時候都是我在安排。這個人色瞇瞇的，我一點都不喜歡。他對我一直不懷好意，我都知道呢。」她說。

「這個人好像是很喜歡女人的。」我說，「不過你想過沒有？假如沒有林老闆對你的照顧，你還會像現在這個樣子嗎？」

其實我很想說：假如沒有林老闆對你的照顧，可能端木雄早就把你給拿下了。因為今天晚上我已經看出來了，林易並沒有強迫上官琴的意思。當然，我不可能那樣說。

她點頭，「那倒是，我們老闆就是這點好，他做事還是有他自己的原則的。正因為如此，我才願意繼續在他的公司裏待下去。」

「既然你沒喝醉的話，那就麻煩你送我回去吧。」我說。

「今天你門診，明天休息是吧？」她問我道。

我點頭，「是的，不過我明天想去看看陳圓。」

「這樣啊，那好吧，我送你。」她說，隨即將車發動，緩緩地開了出去。

我忽然想起一件事來，「上官，那兩個女人是幹什麼的？怎麼像小姐一樣？」

「她們是省京劇團的演員，現在京劇誰還看啊？所以她們就經常出來賺外快了。」她回答說。

我歎息，「她們與那些小姐也差不多吧。」

「那個姓沈的比較開放一些。小孫不大一樣。陪男人喝酒、跳舞什麼的都可以，讓男人摸一下也不反對，但是她好像從來不與客人上床。」她說，隨即來看我，「怎麼？你也喜歡她們？」

我忽然想起沈丹梅來我的門診看病的事情，心想：原來如此。

「喂！問你呢。」上官的聲音驟然大了起來，把我嚇了一跳，我這才想起她剛才是在問我，急忙地道：「說什麼呢，我怎麼可能喜歡她們呢。哎呀！糟糕！」

「怎麼啦？」她問道。

「上官，你有那個孫露露的電話號碼嗎？」我問道。其實我以前存了的，但是自從發現斯為民是那樣的人之後，我就把她的號碼給刪了。

她看著我笑，笑得很有深意，「原來你喜歡的是她啊？她確實漂亮，不過你要讓她上床的話，可能得花點代價。」

我哭笑不得，「你說什麼呢，是這樣，今天遊戲的時候，我摸到了她一隻乳房裏有個很小的包塊。所以我想打電話提醒她去醫院檢查一下。」

她猛然地停車，隨即看著我笑，「馮大哥，真有你的。原來你在做遊戲的時候，竟然是在給她們檢查身體啊？」

「你有她的電話嗎？女性的疾病有時候是不能拖的，很容易拖出問題來。現在乳腺癌的發病率那麼高，我很擔心她被耽誤了早期的治療機會。」我說。

「我馬上把她電話給你。」她隨即說道。

我搖頭，「不著急。明天給她打也行，麻煩你一會兒把她的號碼發給我吧。」

她詫異地看著我，「你剛才不是說很急嗎？」

「明天是週末，著急也沒有用。我得在下週一上班後才能替她聯繫醫生。」我解釋道。

「不是你給她檢查啊？」她問道。

「我是婦產科醫生呢。她的問題需要乳腺科檢查。其實我也不敢確定自己是不是對的，畢竟我不是專科醫生嘛。」我說。

「那倒是，你今天的主要目的是舒服。哈哈！」她大笑。

我哭笑不得，但是又不好申辯。因為她說的是事實。

現在，我覺得今天真是太荒唐了。

「哎！」我情不自禁地歎息了一聲。

「怎麼啦？」她問。

我這才想到她還在旁邊，「沒事，太累了。」

「你們男人是不是很喜歡今天晚上的這種遊戲？」她卻在問我道。

我一時間不知該怎麼回答，「這……這個遊戲確實太讓一個男人興奮了，因為在平常的生活裏不可能一次摸到那麼多女人的乳房，而且還是在那樣的環境下。但是，我覺得那樣太頹廢了，太墮落了。所以我有些後悔。」

她不說話，一會兒之後才低聲地說了句：「我想不到你會這樣想，看來你還沒有壞到哪裏去。」

我苦笑不已。

車在社區的外面停下。「謝謝你上官。」我說，隨即準備下車。

「馮大哥。」她卻忽然地叫了我一聲。

「有事嗎？」我問道。

「我想，我今天晚上怕是睡不著了。」她說。

我心裏一動，「為什麼？」

「我害怕。」她說。

這下我倒是覺得奇怪了，「你害怕什麼？」

「剛才我聽了你說的孫露露的事，我也開始擔心起我自己來了。因為我最近老是覺得自己那個部位有些脹脹的感覺。」她說。

「不會是你懷孕了吧？懷孕後會產生催乳激素的。」我說。完全是從婦產科的角度在替她分析。

「馮大哥，你說什麼呢。人家還是單身，而且，而且我還從來沒有和男人那樣過。」她說，有些羞怒。

「啊？」我頓時張口結舌起來，因為我完全沒想到她會是這樣一種情況，「可能是感覺上的問題吧。一般來講沒事的。」

「你，你幫我檢查一下好不好？就現在。」她說，聲音小極了。

「我不是乳腺科的醫生呢。」我的聲音也很小，因為我忽然感覺到了一種異樣，而且還有惶恐。

「你真討厭，人家還從來沒有被男人摸過，你反倒拽起來。討厭……」她說，很惱怒的語氣與表情。

我心裏意動不已，「可是這樣的地方……」

她沒有說話，腳下猛地一踩油門，轎車猛然地竄了出去。我被她這個忽然的動作嚇了一跳，「你幹嘛？去什麼地方？」

江邊，她已把車停下。黑暗中我看不見她的神態，但可以聽見她急促的呼吸。

她沒有說話。我也不知道該說什麼。

「你怎麼不動手啊？你很討厭知道嗎？」她終於說話了。

我：「我……」我發現自己的聲音在顫抖，於是伸出手去，去到了她的胸前……我感覺到自己的手也顫抖得厲害。

解開了她外套的衣扣，發現裏面是一件開領的毛衣，再裏面是襯衣，解開襯衣的衣扣，即刻觸及到了她裏面的胸罩。她的身體顫抖得厲害，我也感到口乾舌燥。

將手伸到她後背，解開了她的乳罩……我的手上頓時是她的那團柔軟。很小巧，很直挺，質地也不錯。「你別胡來啊。只能給我檢查是不是有什麼問題。」我正心旌搖曳時，卻忽然聽到她在說道，她的聲音依然在顫抖，身體還是在抖動。

我急忙收斂心神，讓自己趕快進入到醫生的角色裏面去。

嗯，質地很均勻，好像形狀也沒有什麼異常。輕輕地捏了幾下，沒有發現有包塊，「沒事。」我說。

她的身體不再那麼抖動了。於是我的手去到她的另一隻乳房上面，繼續前面的動作。當我將手放到她另一隻乳房上面的時候，她的身體再次發出了顫抖。本來我已經讓自己進入到了醫生的角色了，但是她的顫抖卻讓我再一次地心旌搖曳起來。

竭力地克制自己的心神……終於，我檢查完了。輕柔地替她繫上胸罩，然後是她幾層衣服的扣子。「沒問題。」我說。

她沒有說話。這一刻，我忽然有些不知所措起來。

「真的沒問題？」她忽然發出了聲音。

「我覺得是正常的。」我說。

「那為什麼我會覺得脹啊？」她問。

我忽然想起一種可能來，「是不是在經期前後有那樣的感覺？」

「是。」她說。

我歎息，「這是正常的。哎！今天酒喝多了，怎麼連這都沒有想起來呢？」

「明明是你想占人家的便宜。」她說，隨即來瞪我。黑暗中，我感覺到了她正在瞪我的眼神。

我頓時惴惴不安起來，「我真的是一時間沒有想起來。」

讓我想不到的是，就在這時候她卻忽然地笑了起來，「馮大哥，現在我真的相信你是好人了。」

我驚訝地看著她，「原來你是來試探我的？上官，有你這樣試探人的嗎？吃虧的可是你自己。」

「我願意。」她說，「你是林總吩咐我要長期與你聯繫的人。你的人品怎麼樣、性格是什麼等等，都是我必須要瞭解的事情。」

我很詫異，「上官，難道我對你們真的就那麼重要嗎？」

「是，非常重要。」她說。

「為什麼？」我很不明白。

「因為你可以幫助我們公司度過未來的那道難關。」她說。

我苦笑，「上官，你們高看我了。我沒有你們想像的那麼重要。」

「一台機器，如果裏面的某個重要零件不起作用的話，整台機器就不會正常運轉起來。馮大哥，你明白我的意思嗎？」她問道。

我頓時覺得她說的好像有幾分道理，一台機器就好像我們人體一樣，人體的每一個器官都很重要，一旦某個器官或功能出現了異常後，就會生病或者死亡。死亡？猛然地，我想起了一件重要的事情起來。該死的！怎麼把這件事情搞忘了呢？歐陽童，現在他的情況怎麼樣了？

酒這東西真的很誤事。

本來我是想在晚上給歐陽童打一個電話，安慰、安慰他，或者看他有沒有什麼事情需要我幫他辦的，因為我們畢竟是同學，而且曾經還是非常要好的同學。我很慚愧，因為在歐陽童最失望的時候，我竟然在喝酒，而且還去搞了那樣的遊戲。甚至更過分的是，我後來還與上官來到了這裏。

我真的把這件事情給忘了，真的把他給忘了。

然而，我不能在上官的車上打這個電話。

所以，在我猛然想起這件事情來的時候，我即刻要求下車了。

「你生氣了？」上官卻誤會了我的意思。

我搖頭，「不，我忽然想到了一件重要的事情。」

「我送你吧。」她說。

我再次搖頭，「不用，我自己搭車。」忽然想到她可能會更誤會我接下來要去幹什麼不好的事情，於是急忙地又道：「我同學出了點事情，今天喝酒搞忘了，現在我得馬上去他那裏。」

「我送你不影響吧？我送你到了那裏後就離開。現在我給你當秘書。」她說，聲音很溫柔。

「我那同學現在的情況很糟糕，他也不一定要見我呢。」我說。

「那你給他打個電話問問啊。」她提醒我道。

我覺得不得不說了，「我懷疑他有愛滋，今天下午我告訴了他這個情況，我擔心他接受不了。」

她猛然地驚呼了一聲，「你那同學是男的，還是女的？」

「男的。」我說，心裏似乎明白她在想什麼。

她長長地舒了一口氣。我心裏很不悅，「上官，你是不是覺得我這個人很亂？凡是認識的女人都可能和我有過關係？」

「……馮大哥，對不起。我聽到你說了那個病，感覺太嚇人了。」她怔了一下後才說道。

「說到底你還是覺得我不是好人。呵呵！我理解。」我說，隨即打開車門下了車。這一刻，我心裏很難受，也很不是滋味。夜色下的濱江路很寂靜，我的內心與這種寂靜一樣蕭索。我想進入到前方的那片寂靜裏面去。

已經進入到冬季，這裏只有我一個人孤單隻影。我緩緩地走，發現自己竟然開始喜歡上了這種孤寂的感覺。再走了一段，忽然聽到江上傳來了輪船的汽笛聲，江心中的它與我一樣孤寂。它在嗚響，彷彿是在提醒我該打那個電話了。

可是，歐陽童的電話卻處於關機的狀態。再次撥打，依然是如此。我頓時知道了……他，依然處於那種恐怖的失望當中。我在心裏歎息。

回去吧，回去吧。我對自己說。於是轉身，頓時怔住了——

就在那裏，在一盞路燈下，上官琴在那裏靜靜地看著我。

第七章

一切問題的根源

其實我知道自己最關鍵的問題在什麼地方。
不是因為真誠，也不是因為我對病人太好，
而是我自身的意志薄弱，我太不善於拒絕。
這才是造成一切問題的根源。
在這寒風吹拂著的江岸上面，在這個孤寂的夜裏，
我在問我自己：馮笑，你能夠學會拒絕嗎？

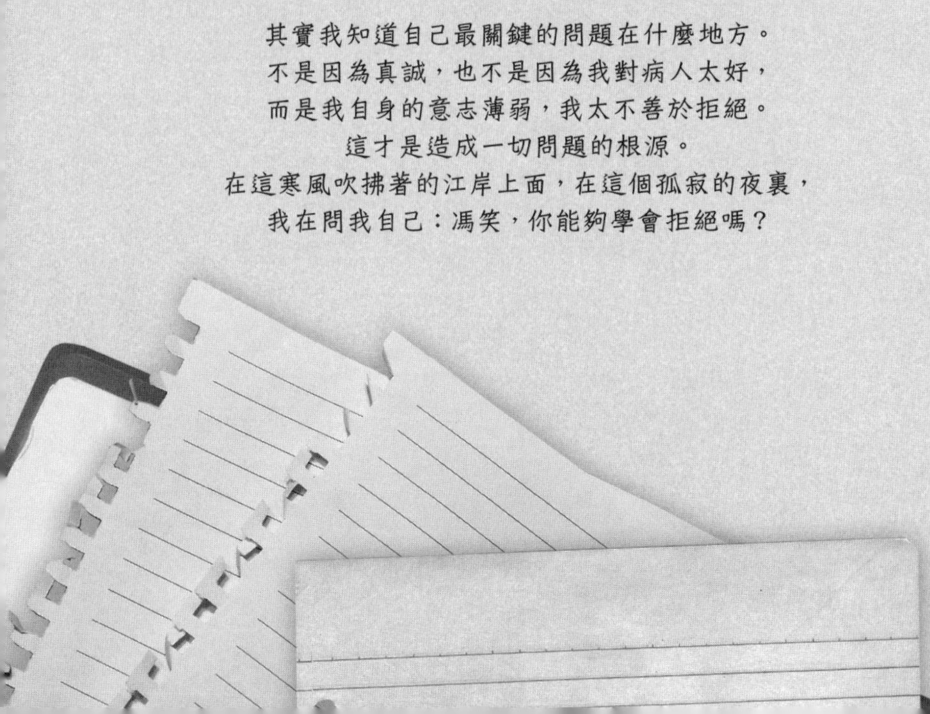

路燈下，她的身形顯得有些瘦弱。江邊的冷風吹過她的髮梢，她的秀髮頓時飄散開來，她的身形沒有動，一直就那樣在靜靜地看著我。不知道是怎麼的，我感覺到她好像與我一樣的孤獨。

在心裏歎息了一聲後朝她走去。

我站在她的面前，看見她的雙眼亮晶晶的，她在看著我。夜色下她的臉顯得有些蒼白，她的頭髮依然在隨風飄散。我看到了，看到了她的身體在微微地顫抖。這是因為寒意使她這樣，因為我也感覺到了江風的凜冽。

「你……你幹嘛不回去？」我問她道，聲音很柔和，因為我的內心忽然有了一些感動，還有一些憐惜。

「我擔心你。」她說，聲音在顫抖。

我更加感動了，「我沒事。就是同學的事情讓我心情有些鬱悶，還有些自責。」

她幽幽地道：「馮大哥，我知道為什麼莊晴和陳圓會喜歡你了。因為你這個人對人太真誠了。」

聽到讚揚的話我還是很高興的，「真誠不好嗎？」我問道。

她歎息了一聲，即刻轉身……我聽到她說了一句：「看來我今後還是離你遠些的好。」隨後便快速地跑了起來。

我怔怔地看著她遠去的背影，不禁歎息。

我當然知道她那句話的意思——她感覺到了我對她的危險。

記得莊晴也對我說過同樣的話，她說我對那些女病人太好了，容易讓別人感動。女人是一種容易被感動的動物，特別是在她們生病或者情緒低落的時候。而我是婦產科裏面的男醫生，我接觸到的都是女人最痛苦的時候。所以我覺得自己對她們好一些是應該的，因為我真切地感受到了她們作為女人的痛苦。

其實我知道自己最關鍵的問題在什麼地方。不是因為真誠，也不是因為我對病人太好，而是我自身的意志薄弱，我太不善於拒絕。這才是造成一切問題的根源。

所以，就在這寒風吹拂著的江岸上面，在這個孤寂的夜裏，現在，我在問我自己：馮笑，你能夠學會拒絕嗎？

回去的時候莊晴還沒有睡覺。

「喝多了沒有？」她笑著問我道。看得出來，她今天的心情很好。

「還好。」我說，「開始喝多了，然後去唱歌，幸虧上官悄悄把我的酒換成了紅糖水。」

我這樣說的目的是想迴避今天後來與上官在一起的事情，不然的話時間會出現漏洞。光吃飯不會這麼長的時間吧？

「你會唱歌？去和小姐玩吧？」她看著我怪笑。

「說什麼呢，我可是醫生。」我正色地對她說。

「呵，我才懶得管你呢。」她笑道，可能是發現我的臉色不對，於是急忙地朝我笑了笑，過來將她的身體依偎在了我的懷裏，「馮笑，你是什麼樣的人難道我還不知道嗎？好啦，別生氣了。今天晚上我幾次想給你打電話，但又擔心影響了你們談事情，所以就忍住了。我知道你今天和林老闆他們在一起呢。」

我心裏頓時有了些感動，「莊晴，你現在真懂事啦。對了，今天的事情還不錯吧？我都聽上官告訴我了。」

「嗯。」她放開了我，然後去坐到了沙發上面，我發現她的神情忽然變得沉靜了下來。暗自詫異，「怎麼啦？」

她在幽幽地歎息，「馮笑，我有些害怕。」

這下我更加詫異了，急忙去坐到她身旁，「你害怕什麼？」

「馮笑，我覺得現在我很惶恐，很猶豫，也有些害怕。我也不知道自己這是怎麼了。哎！以前我總是覺得護士這個職業不好，總想有一天能夠離開醫院，離開那個令我厭惡的職業。可是，當現在這一天真的到來了的時候，我卻忽然惶恐了。真不知道是怎麼回事。」她搖頭說。隨即獨自在那裏苦笑。

我頓時明白了，於是笑道：「這是人之常情。每個人在遇到新的選擇時，都會在內心有一種惶恐感覺的。因為我們都不知道自己的未來會怎麼樣。還有就是，我們每個人其實都有惰性，『好死不如賴活著』這句話就是具體的體現。雖然你很不喜歡護士這個職業，但是在你的心裏其實還是很依賴自己的這個過去的。」

「好像是這樣吧？」她說，隨即笑了，「不管了，走出去再說。」

我頓時笑了起來，「這才是你莊晴嘛。」

其實我前面說的是對的，很多人都會有惰性。我很佩服那些經常跳槽的人，因為他們克服了自己內心的那份惰性，更因為他們很陽光，總是對自己的未來充滿著希望。我覺得莊晴也應該是這樣的人，只不過她在自己第一次的職業變換上依然有些惶恐罷了。

「馮笑，你覺得我能夠成功嗎？」她忽然抬起頭來問我道。

「當然。」我說。其實，在我的心裏也不敢確定，因為誰敢對未來打包票呢。忽然，我想起林易今天測字的事情來，心裏頓時對莊晴有了信心。要知道，這份工作可是林易安排的啊。

可是，林易真的就那麼厲害嗎？他真的能夠未卜先知？如果他真的有那個本領的話，他就應該做得更大才是。也許，正如同他自己所說的那樣：他當年學到的並不多。

「莊晴，我相信只要通過你自己的努力，再加上大家對你的幫助，你就一定會成功的。不過話又說回來了，萬一今後失敗了，我覺得現在的這個選擇也很值得，因為你畢竟去嘗試了。一個人最難得的是去做一份自己喜歡的工作。比如陳圓。莊晴，現在我很高興，因為你和陳圓都找到了一份你們自己最喜歡的工作了。」於是我說道。

「馮笑，你喜歡你現在的工作嗎？」她點頭，隨即問我道。

我一怔，「好像還可以吧。」

「你肯定喜歡的。」她說。

「你這話什麼意思？」我覺得她的話另有意思，但是卻即刻發現她的臉上並沒有嬉笑的成分。

「我說的是真話。」她看了我一眼，隨即便笑，「你不要以為我在和你說那種無聊的東西。你這人吧，是從心裏面對那些病人有同情感，而且從來對任何病人都不厭煩。以前胡醫生都做不到你這樣。所以我覺得你是一位很合格的婦產科醫生。

馮笑，也許你去做生意更賺錢，但是那樣的話，這個世界上就會少一位優秀的婦產科醫生了，這可是我們婦女同胞的一大損失呢。嘻嘻！你說是不是？」

我哭笑不得，「你的話很有道理，我一定按照你的指示辦。」

「馮笑，我是認真在和你說這件事情呢。其實一個人最重要的是去幹一份自己最喜歡的工作，當然，能夠順便掙很多錢就更好了。馮笑，你好好當你的醫生，今後如果我真的成功了的話，我給你買賓士、買別墅。怎麼樣？」她笑著問我道。

我當然知道她是開玩笑的，於是笑道：「好，我等著那一天。哇！住在別墅裏面，開著賓士轎車，還有全國知名的美女明星莊晴陪著我。這是一種什麼樣的生活啊？簡直就是神仙般的生活嘛。哈哈！」

「美得你！」她瞪了我一眼，隨即便笑。

我的心裏頓時有了一種溫馨與溫暖，即刻去將她擁在懷裏，「莊晴，如果真的有了那一天的話，你會嫌棄我這個小醫生嗎？」

「馮笑，你別這樣問我好不好？現在我的這一切都是你給我的，今後如果我真的成功了的話，那也是你給了我一個很好的基礎。雖然我們不能夠結婚，但是在我的心裏，你已經是我的丈夫了。而且，萬一我失敗了的話，還得靠你養活呢。」她依偎在我的懷裏說道，聲音很柔。

「你不會失敗的。」我輕拍她的後背。這一刻，我忽然地有了這樣的感覺。

「為什麼這樣說？」她從我懷裏仰頭來看我，臉上是詫異的神色。

「因為你是一個好強的人，你不允許自己失敗。」我說。

「是嗎？我自己怎麼不覺得？」她笑著問我道。

「你這人很有忍性。這很重要。呵呵！」我笑著說，「莊晴，我覺得吧，既然你決定了就不要再猶豫了，看準了就走出去。那位模特兒公司的老闆不是說你的條件不錯嗎？那你還猶豫什麼？你年齡並不大，前期堅持一下就過去了。我相信你會成功的。」

「但願吧。」她說，隨即又歎息了一聲。我心裏頓時明白了：雖然她剛才說已經下定了決心，但是心裏依然還有些忐忑。不過我覺得現在談這樣的問題再多也毫無意義，因為很多事情是需要去經歷才可以感受到其中的那些東西的。現在既然她已經決定了，就不需要再去說什麼了。

「莊晴，我們早點休息吧，明天我們去看陳圓。」我即刻轉移了話題。

「馮笑，我想就這樣躺在你的懷裏。我不想動了。」她說。

「這樣容易感冒的。走吧，我們去床上。」我柔聲地對她說。

她頓時「咯咯」地笑，「馮笑，你是不是想和我……」

我哭笑不得，剛才內心升騰起來的柔情頓時被她那句話說得丟失了，即刻去呵她的癢，「你這個小妖精，一天就只知道那件事情。」

她在我的手下「哈哈」大笑著，身體不住晃動，「馮笑，哈哈！你別，哈哈！」

一直到她笑得喘不過氣來才停止了對她呵癢的動作。她輕輕地打了一下我的胳膊，「你討厭！我最怕癢了。」

「好啦，我們還是去床上，不然很容易感冒的。我去洗澡了。上了一天的門診，晚上又喝了酒，我好累。」我說。

「馮笑，你把電視搬到臥室去，好嗎？我想躺在床上看電視。」她說。

我當然只有答應。

床上，我半臥，莊晴的頭在我的肩上，身體在我的懷裏。她在看韓劇。我痛苦不已，「莊晴，這電視有什麼好看的嘛？裏面的人全部在說話，而且說的都是些雞皮蒜毛的事情。我們換個台好不好？」

「不，很好看呢。」她說。

我忽然想起一件事情來，「我聽上官說，那位模特公司的老闆說你長得有些像那什麼，那什麼演員？」

「哪裏像嘛，她說的是宋慧喬。」她說，隨即又笑道：「人家宋慧喬可是美女呢，我哪裏會像她？」

「對，她說的就是宋慧喬。」我說，急忙地從床上爬起來。「你幹嘛？」她問我道。

「我去上網查查，看看那宋慧喬長什麼模樣。」我說，急忙到我的那個房間，打開電腦，然後開始查詢。這時候莊晴也過來了，她給我披上了衣服，「你這人，怎麼像小孩子啊？」

我笑了笑，「主要是我平時不大注意去關心這些事情，太落伍了。呵呵，既然說你像那個演員，我當然要馬上看看了。」

我一邊說著一邊輸入要查詢的那個人名。我用的是拼音輸入法，想不到輸入了SHQ三個字母後竟然就出現了「宋慧喬」三個字來，「啊，原來這個明星很出名啊。」

「人家是韓國當紅影星，很多男人的夢中情人呢。」她笑著說。

「是嗎？」我說，隨即去點開關於「宋慧喬」的百度圖片，眼前一位清純女孩子的圖片頓時出現在了眼前，我覺得這個叫宋慧喬的演員確實不一般，她好像並不是我想像的那麼漂亮，但是很清純，像傳說中的鄰家女孩似的。再仔細看了看，即刻發現她還真的與莊晴有相似的地方——小圓臉，小圓眼睛，整個臉型都很小巧而精緻。

「我說吧，不像是吧？」莊晴笑著問我道。

「她沒有你這麼漂亮的小腿。」我說，雙眼繼續在盯著眼前的圖片看。猛然地，我似乎明白了，「莊晴，還別說，你還真的很像她。我知道為什麼最開始看的時候你們不相像了。」

「為什麼？」她問道，即刻匍匐在我後背上，她也在看電腦螢幕上面的圖片。

「其實你們很相像的。你看，她的臉型，眼睛，鼻子，你們都很像。你和她不像的是嘴巴。因為中國人說話與韓國人不一樣，嘴型就完全不一樣了，韓國人好像是嘟著嘴巴說話的吧？你看，她的嘴唇隨時都是微微地翹起的，而且帶動了她的臉也那樣，然後神情也跟著不像我們中國人了。你試試韓國人說話看看，肯定就像了。」我說。

她在我耳畔笑，「我哪裏會說什麼韓國話啊？」

我也笑，「這倒是。不過我覺得你不需要學她，你應該有你自己的風格。當然，如果別人覺得你長得像她的話，對你事業的初期是很有幫助的，因為大家會對你有一種認同感。」

「為什麼？為什麼大家會對我有一種認同感呢？」她問。

我在看宋慧喬其他的照片，「嗯，不錯。莊晴，你覺得她長得漂亮嗎？或者知道她的人覺得她長得漂亮嗎？」

「都說她很漂亮啊。難道你認為她不漂亮？」她說。

「漂亮。但不是我想像的那種漂亮。莊晴，你別生氣啊。我的意思是說，她在我眼裏清純的形象比她的漂亮更突出。你知道我為什麼會覺得她不是我想像中的那麼漂亮嗎？因為我平常不大看電影、電視，所以對她沒有任何的印象和感覺，但是知道她的那些人不一樣，因為那些人從她扮演的角色裏面豐富了對她的認識，已經認同了她的那種形式的漂亮。認同了她也就認同了你。明白嗎？嗯，很好，你可以走捷徑了。有空的話我去和你那老闆聊聊這個問題，也對林老闆講講，看今後能否從這個方面包裝你一下。」我說，說到後面就變得有些興奮了。

「馮笑，你說得真好。」她輕聲地道，隨即便笑了起來，「那麼，你想不想和你電腦上面的那位美女睡覺呢？」

我看著眼前那位明星的照片，聽到她這樣的話語，心裏頓時一蕩，隨即轉身去看她，發現她竟然在嘟著嘴巴，頓時大笑起來，「走，睡覺去！」

其實，她的嘴巴還是不像那個宋慧喬。

今天晚上我和她不像以前那麼著急，我們一邊說話一邊親吻，歡愛的前奏很長，而且她關掉了燈，「你想著電腦上面的那個美女和我做吧，肯定有激情。」她關燈前笑著對我說。

不知道是怎麼的，當我在她身體上面運動的時候，腦子裏浮現的竟然不是那位明星，而是上官琴。

今天晚上，上官琴讓我給她檢查乳房，而現在，我的手上、腦子裏，全部是她那個部位的感覺……

她的笑臉，說話時候的樣子，臉上的小酒窩……我的腦海裏面全是她的一切，當我的雙手去到莊晴的胸部的時候，腦海裏面的那些畫面更加的清晰了。

今天喝了酒，感覺有些麻木，所以我在莊晴的身體上面運動了許久都沒有噴射的欲望。或者是我想把腦海裏面的那些畫面多留住一會兒。但是，當莊晴開始發出淺淺的呻吟、當她的興奮聲漸漸增大的時候，我腦海裏面的畫面頓時消散了，在接下來不多長的時間裏面，我一泄如注……

「馮笑，你真厲害……」她悠悠的聲音在我耳畔。

「早點睡吧。」我說，感到很乏力。

「嘻嘻！怎麼樣？你是不是剛才在想那個明星？」她忽然笑了起來。

「沒有。」我說。

「肯定想了。」她笑道，隨即去打開了燈，我眼前頓時出現了她如絲的媚眼，「馮笑，我要努力，一定要成為明星，然後讓你真正體會與明星做愛的感受。」

「哈哈！好！你加油！」我大笑，身體的倦乏感頓時消散了。

「我得馬上去洗澡，把裏面你那些東西全部沖乾淨。現在我不能懷孩子，我得努力當大明星！」她說，一路大笑著朝外面跑去。

我猛地一愣，似乎明白了一件事情——她，以前很可能一直在注意避孕的事情。其實，一直以來我都沒有認真去注意過避孕的問題，或許在我內心很希望莊晴或者陳圓能夠給我懷上一個孩子。莊晴是婦產科的護士，避孕對她來講根本就不算什麼事情。也許正是因為如此，陳圓才很快懷上了我的孩子，而莊晴卻沒有，一直沒有。

當然，她與宋梅很可能是另有原因。

這樣也好。我不禁歎息。

她回來了，緊緊依偎在了我的懷裏，「我要睡覺了，就這樣抱著你睡。」

我輕輕拍打了幾下她的後背，「睡吧。」

第二天早上我和莊晴在外面吃早餐。

「走，我們開車去。」吃完飯後她笑著對我說，很得意的樣子。

「你把車開回來了？」我問道。

「是啊，在社區的車庫裏面。」她說，「我現在好心痛啊。一百萬就那樣沒有了。算了，不說了，無所謂了。萬一那筆錢要被追回去呢？到時候就把車給他們得了。」她說，隨即來挽住了我的胳膊。

她帶著我去到了社區的車庫裏面，在一個角落處我看到了那輛車，白色的，很平常的樣子，我指著它，「就這？一百萬？」

「新車呢，還沒洗過。就這樣了。今天我去把它洗了就好看了。」她說，隨即上車。我坐到了副駕駛的位置上面，頓時聞到了一股皮革的味道，然後打量裏面的情況，「嗯，好像還是不錯啊。挺寬敞的，也很高檔。」

「開玩笑，一百萬呢，可以買一套房子了。」她笑著說，緩緩地將車開了出去，同時在歎息，「有錢真好。你看這車，多舒服啊。」

「錢呢，還是要自己掙來的用起才放心。你看你現在……」我說到半截頓時住口，「對不起，我沒有其他什麼意思。」

「我知道你想告訴我什麼。」她歎息了一聲後說道，「你說的很對。不過馮笑，你這人吧，有時候說的話真讓人生氣。」

「對不起。」我急忙地道。

「我要罰你，罰你給我指路。」她瞪了我一眼後說道。

我是第二次到這處別墅來。今天發現這地方有了些改變：別墅前面的花園沒有了，小橋流水也沒有了，現在變成了一個鋪有瓷磚的空地。我在心裏暗暗地稱讚林易：他想得真周到，花園和小橋流水雖然漂亮，但是對那些孩子來講卻很不安全。

陳圓出來了，她的身邊帶著幾個小孩，他們都在好奇地看著我們，眼睛骨碌碌的樣子很可愛。

陳圓今天穿的是一件碎花薄棉襖，我看不出她的腹部有隆起的跡象。「你們來了？」她在笑著問我們，臉上頓時有了一片紅暈。

我心裏暖呼呼的，笑著對她道：「圓圓，你今天穿得像村姑一樣。不過蠻可愛的。」

「我現在本來就是村姑。」她的臉更紅了。

「你不懂，她這叫返璞歸真。明白嗎？」莊晴笑著說，隨即去挽住了陳圓的胳膊，不住地打量她的腹部，「怎麼還看不出來啊？」

「莊晴姐，」陳圓忽然緊張地去看周圍，「你別這樣，他們還不知道呢。」

「陳圓，他們遲早會知道的，還不如早點告訴他們的好。這樣的話你也可以得到關照。你說是不是？」莊晴說。

陳圓搖頭，「不，我現在不想讓任何人知道。」

我頓時覺得這裏面有問題了，我發現自己直到現在根本就不瞭解她內心最真實的想法，「陳圓，你跟我來一趟。莊晴，你替她看著這些孩子。」

「張阿姨，你們出來一下。」陳圓卻轉身去往裏面叫了一聲。不多時，一位中年婦女帶著兩個年輕女孩子出來了。「她們都是這裏的工作人員。」陳圓介紹說。

我只是朝她們點了點頭，然後拉著陳圓去到了別墅的外面。她跟在我身後，我轉身去看了她一眼，和她開玩笑道：「圓圓，當官了啊？還管了幾個人呢。」她「噗哧」一聲笑了出來，「是啊，她們還很聽我話的。」

「那是因為她們看在林老闆的面上。不過你自己應該多些主見，這樣她們才會真正地服你。」我們已經走出了別墅，所以我攀住了她的肩在與她說話。

「嗯。」她說。

「你真的很喜歡這個工作嗎？」隨即我問道。

「嗯。」她點頭，「我喜歡和孩子們在一起，我一點都不覺得緊張和害怕。他們很可憐，但是卻又很可愛。」

我心裏大慰，「你喜歡就好。這下我就放心了。不過圓圓，剛才你說不想讓他們知道你懷孕的事情，但是這件事情他們遲早是要知道的啊？你是怎麼考慮這件事情的？可以告訴我嗎？」

「我們沒有結婚，我生孩子的事情我擔心對你有影響。」她說，聲若蚊蠅。

我心裏頓時難受起來，不是因為我自己。我歎息道：「圓圓，你錯了。這件事情對你的影響更大。我以前太自私了，現在很後悔。這樣吧，最近你抽時間到醫院來把孩子打掉吧。」

「不！」她猛然地驚叫了一聲，「他是我們的孩子，我必須把他生下來。我不會為了這件事情後悔的。我永遠都不會後悔。」

「圓圓，你再好好想想。真的，你一定要好好想想。你還年輕，而且……哎！我真是作孽啊。」這一刻，我的心緒忽然複雜了起來。說真的，我很希望她能夠把這個孩子生下來，但是卻又覺得這樣對她很不公平。我感覺到自己正面臨著自己人生中的第一次艱難的選擇。

「我想去問問律師。」她說。

我很詫異，「你去問律師幹什麼？」

「我想去問問，如果我生下了你的孩子的話，你算不算犯罪。」她說，「如果算犯罪的話我就離開這裏，他們不知道這件事情就沒事了。」

我心裏感動萬分，越發地覺得自己的自私了。緊緊地將她擁抱，哽咽著對她說道：「圓圓，我不值得你這樣的。真的不值得。」

「我在認識你之前就經常在夢裏見到你，我知道你就是我這一生要找到的男人。我願意這樣，我是心甘情願的。」她在我的肩頭上輕聲地說。

我不自禁地流下了眼淚。是因為感動，還因為愧疚。

第八章

逃避

我們在一起喝酒時，她說過不想讓我更為難的事情，
但是我沒有想到她的真實意思其實是要離開我，
現在，她說出來了，而我的內心卻如同猛遭錘擊，
一種更大的難受感覺頓時向我襲來。
我知道了，剛才我是知道她這個意思的，
只不過我不願意相信罷了，那時候的我依然在逃避。

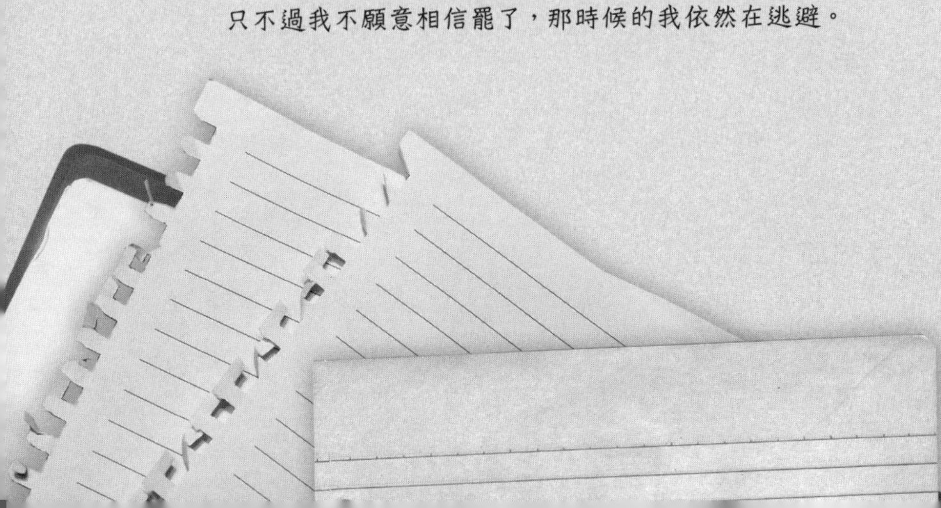

孤兒院裏面目前的孩子不多，不到十個。其中大多是女孩。唯一的兩個男孩子一個聾啞，一個是齶裂。不過這些孩子都還很小，最大的也就四五歲的樣子。他們在這裏生活得很快樂，因為他們都還是孩子，沒有長大後的那些煩惱。

讓我感到很詫異的是，所有的孩子都叫陳圓「媽媽」

「你讓他們這樣叫你的？」我悄悄問陳圓。

她點頭，「嗯，她們沒有媽媽，我希望他們都知道自己也是有媽媽的。」

我不禁擔憂，「要是他們今後問自己的爸爸在哪裏的話，怎麼辦？」

「她們長大後我會告訴他們一切的。以前我在孤兒院裏的時候也是這樣。我上初中後她們才告訴了我是孤兒。那時候我也能夠接受了。」她回答。

我來當他們的爸爸吧。我差點說了出來，但是話到嘴邊後猛然地止住了。我忽然感覺到自己無法承擔起那份責任。

莊晴也很喜歡那些孩子，她整個上午都在和他們玩，而且她玩得好像還很開心。我看見她的鼻尖上都有了汗珠。我第一次發現莊晴的笑很好看，她今天的笑聲好像比她以前更自然，笑容也比她以前更燦爛。我還發現，今天的她似乎真的像我昨天晚上在電腦上看見的那位女明星了。

我和陳圓站在不遠處看著莊晴與孩子們嬉戲，我問陳圓：「他們說你莊晴姐長得像宋慧喬，你覺得像不像？」

她來看我，詫異的神色，隨後又去看歡笑著的莊晴，「好像還真的很像。以前我怎麼沒有注意到呢？」

「圓圓，你莊晴姐馬上要辭職了，她要去當模特兒。」我把這個消息告訴了她。

「真的？」她詫異地看著我，隨即是高興的神采。我點頭，「模特公司已經面試過她了，而且已經通過了。」

「真好，她喜歡嗎？」她問我道。

我點頭，「她本來就不喜歡當護士。」

「我真替她感到高興。」她說，隨即對我道：「中午你們就在這裏吃飯吧，和孩子們一起吃頓飯。可惜我們這裏沒有酒，不然應該好好給莊晴姐慶祝一下的。」

「你有孩子了，最好不要喝酒。」我說，想了想，又道：「下午我準備約律師見個面。我想和他談談你趙姐的事情，順便問問你剛才提到的那個問題。本來我想到今天是週末，準備明天去找他的。」

「兩件事情一起說不好吧？」她對我說道，「我們的事情還是我自己去問好了。」

我搖頭，「有些事情我必須去面對。而且，這件事情無法逃避。」

她長長地歎息了一聲。

這好像是我第一次聽見她歎息。

中午我們留下來和孩子們一起吃了頓飯。

「你給林總說一下，應該讓那個孩子早點去做手術治療。」我指著那個患有齶裂的孩子低聲地對陳圓說。

「施姐已經安排了，已經聯繫好了省兒童醫院。下周就送他去。」她回答說。

我不禁感歎：「林總還真是一位熱心腸的人啊。」

「是啊，施姐都來看過這些孩子好多次了，她也很喜歡孩子的。」她說。

「你還是先把你有孩子的事情告訴施姐吧，我相信她會很高興的。」我想了想說。

「可是……」她依然猶豫。

「再說吧。來，你多吃點。」我說，隨即給她夾了一口菜。

我們在說話的過程中，莊晴一直在給孩子們夾菜，我現在發現，她是真的喜歡這些孩子。

吃完飯後我們和陳圓一起讓那些孩子睡下，這才向她告辭。她有些戀戀不捨，

「哥，莊晴姐，你們經常來看我們啊。好不好？」

「好啊。馮笑，你能不能去給秋主任講一下啊，把你週末的門診時間換一下。」莊晴對我說。

我搖頭，「這樣不好。」

「那你最好在每次夜班的第二天來這裏。可惜你不會開車。」莊晴說。

「我儘快去學就是。」我說，隨即對陳圓道：「我會經常來的，有空我就來。」

「嗯。」她說，眼角處竟然在流淚。

我害怕看見她的眼淚，因為她的眼淚會讓我感到一種難以克制的心痛。我去到了她的面前，替她揩拭了眼淚，「圓圓，你別這樣，我真的會經常來看你的。以後下班後有時間我也來。」

「嗯。」她不住地點頭，而眼淚卻已然在淌下。

我心裏很痛，卻只能即刻離開。我知道，自己越是在這裏逗留，她就越是難捨。所以，我強迫自己即刻轉身然後離去。莊晴去與她擁抱一下後跟了上來。

上車後我沒有再去看她，因為我害怕自己也會流淚。

「我不知道這樣對她是好還是不好。」上車後莊晴歎息著說了一句。

我沒作聲。

她繼續地在說道：「她找到了一份自己喜歡的工作，但是卻不得不與你分開。你們沒結婚，又不可能在這樣的地方住在一起。哎！」

「別說了。開車吧。」我心情煩悶。

她開動了車，從後視鏡上我看見別墅離我們越來越遠，在別墅前面，陳圓的身形也在越變越小。「莊晴，什麼時候教我學開車吧。」我忽然地對她道。

她猛然地將車停住，「好啊，現在就教你。」

我不禁駭然：「就這個車？一百萬的寶馬呢，你讓我用這個車學？」

「這是在郊外，道路寬闊，來往的車又很少，正適合學開車。至於這車嘛，你別把它看成是寶馬好了。嘻嘻！其實好車學起來還要容易一些，因為你才會更小心、更專心。」她笑著說。

她下車來了，然後笑吟吟地看著我，「馮先生，請！」

我戰戰兢兢地上了車。

她教我學開車從最基本的東西開始，幸好我記憶力好，很快就明白了駕駛台上面每一樣東西的作用。然後她開始給我講基本要領。

「我學車的時候學的是手動擋的車。」講完後她笑著對我說。

「很難是吧？」我問道。

「其實是一樣的。不過我更喜歡開自動擋的車，因為那樣才有駕駛的樂趣。」

她笑著說，隨即看著我怪怪地笑，「你們男人才應該開自動擋的車呢。」

「幹嘛這樣看著我？」我覺得她的話裏面肯定另有意思。

「因為有人說過，掛檔的時候有男人進入女人身體時候的那種快感。哈哈！可惜直到現在我都沒有感受出來。」

我瞠目結舌地看著她，「這是什麼道理？」

「有人說，在掛檔的那個過程中，當掛入到某個檔位的時候，那種進入的感覺很爽，就如同男人進入到女人身體的那一瞬間一樣。可惜我是女人，感覺不到那個過程究竟是怎麼樣一種爽法。馮笑，你告訴我，那是一種什麼樣的滋味？」她看著我怪怪地笑。

我哭笑不得，「不就是進入了嗎？然後就有一種被溫暖包裹的感覺。啊，我好像明白了，你說的掛擋就是那種很輕鬆進入，然後很直接、很到位的那種感覺是吧？」

「不知道。我不是男人，我怎麼可能知道呢？遺憾啊。不行，今後我一定要做到你們男人能夠做到的事情。」她搖頭說。

我大笑，「那是不可能的。你這是人為地想去改變自然規律。就如同讓你們女人站著撒尿一樣，那樣心裏倒是平衡了，可是褲子會被打濕的啊。男女有別，自古如此。男人不能生孩子，男人不能拋媚眼，不然的話會嚇死人的。對了莊晴，你們女人在男人進入你們身體的時候是一種什麼樣的感覺？這個我也不知道呢。」

「充盈。被男人充盈了的那種感覺。明白嗎？」她回答，隨即看著我大笑，「哈哈！我們這是怎麼啦？乾脆我們都去做變性手術得了，你變成女的，我變成男的，不就什麼都可以感受到啦。」

「你別說了，噁心死我了。今天我們兩個都瘋了！」我連連擺手。

她大笑，隨即將嘴唇遞到了我的耳畔，「今天晚上回去後我在你上面，我要體會一下你們男人的感覺。」

我的心猛然地一顫……

中午我只學了不到兩個小時的車，因為我心裏一直惦記著聯繫律師的事情。在回城的路上還是莊晴開的車，因為我只是能夠慢慢地把車往前面開走。不過，今天學車之後讓我對汽車這東西產生了濃厚的興趣。

我再次給歐陽童打了個電話，讓我感到詫異和不安的是，他的手機竟然處於停機的狀態了。我心裏很難受，因為他目前的狀態告訴了我：我對他的那個判斷是正確的。

現在，我發現自己真的有些相信命運了：這麼些年沒有見過歐陽童，以前那麼矮小的他竟然在高中畢業後長成了高大魁梧的一個男人，從前羞澀純潔的他竟然變成了浪蕩之人，曾經與我一起探討數理化的那個高中生成了商人……他與我在多年後偶然相遇，而在相遇不到一天的時間裏面卻像霧一般地消失了。彷彿，他這次與我的相遇就只是為了一個目的：告訴我趙夢蕾的母親曾經有過精神病史。這好像是上天刻意的安排。

想到這裏，我即刻開始給律師打電話。我感覺到了，這是上天冥冥之中給趙夢蕾帶來的一次機會。

電話通了，「你好，我想馬上和你談一下我妻子案子的事情。就在上次我們見面的那家茶樓裏面。」

「馮笑，你一天可真夠累的。」與律師約好後放下電話，就聽到莊晴在歎息。

「這是一種責任。」我說，「包括對你，對陳圓，我都得這樣。自己惹下的事情就得自己負責。莊晴，對不起，以前我一直都在逃避，因為我害怕。現在我才知道，有些事情是逃避不了的。」

「你老婆的事情，你也在逃避嗎？」她問道，聲音輕輕的。

我歎息，「是的。我一直很糾結，到現在也是如此。她是我的中學同學，是我喜歡的女人，但是自從高中畢業後我就再也沒有了她的消息。可是誰知道我還能夠遇見她呢？而且我再次遇見她的時候她已經結婚，但是婚姻卻又是那麼的不幸。後來她的男人死了，我發現自己其實還是很喜歡她的，所以就答應了與她結婚的事情。我們結婚後她一直對我那麼好，她明明知道我和你的關係卻一直假裝什麼都不知道，對我依然是那麼的溫柔、體貼。陳圓在醫院住院的時候她還去看過她，而且陳圓的那筆醫療費也是她悄悄捐助的。現在想起我自己做過的這些事情來，我真是慚愧萬分啊。莊晴，你說我能夠在現在這種情況下放棄她嗎？」

「你是對的。」她低聲地說。

「可是，你和陳圓又怎麼辦呢？特別是陳圓，她已經有了我的孩子，而且她是那麼的年輕，又是那麼的單純。我真的很害怕傷害了她。莊晴，說實話，我直到現在都還有些恨你，因為你當初不該那樣去做。但是我又感激你，因為你才讓陳圓有了我的孩子……哎！我現在真的不知道該怎麼辦了。我反覆在想，其實說到底還都是我自己不對，我這個人的意志太薄弱了，總是不能克制自己的欲望，因此才不懂得去拒絕。」我鬱鬱地說。

她不說話了，車子被她開得極快。我知道，她現在的心情也變得複雜起來了。

她在社區外邊停下了車。剛才，我和她一直沒有說話。我內心裏面其實是有很多話想說的，但是卻發現自己每一句想要說出來的話都不應該說出來，於是只好沉默。

莊晴也一直在沉默。我想，也許她也和我一樣。

她把車停下了，她來看我，我對她說了句：「你回去好好休息吧，明天你就要開始一種不同的忙法了。」

「明天我去辭職。」她說。

「決定了？」我問道。

她點頭，「我剛才想好了，我們女人只能依靠我們自己。馮笑，你也太累了，早點回來。一會兒我去買菜，今天我想給你好好做一頓晚餐。」

我朝她點頭，滿眼的柔情。

律師和我在茶樓裏面見了面。我把趙夢蕾母親曾經有過精神病史的事情對他講了。他點頭，「我已經去過看守所，也與你妻子見過了，她目前的狀況很好。我也調看了她的案卷，案情很清楚，不過她自首的情節很明確，這對今後爭取輕判很有利。剛才你說的這件事情很重要，我明天再去一趟刑警隊，請求他們同意對你妻子進行精神病鑒定。不過實話對你說吧，精神病鑒定的事情很麻煩，這件事情可能要林總出門才行。我的意思你應該明白吧？」

我點頭，「我自己去找林總。」

「行，只要林總給我發了話，我就馬上著手去處理這件事情。」他說。

「謝謝。」我發現這位律師很不錯，至少很敬業。

「馮醫生，你還有事情嗎？如果沒有其他事的話，我就先離開了。」他隨即對我說道。

「我還有一件事情。」我急忙地道。說實話，我對這件事情想了很久，但是現在，我覺得自己不得不說出來了。

他在看著我。

「我想諮詢你另外一個問題。你是知道的，我現在和我妻子仍然是夫妻關係，而且我也沒有打算和她離婚。雖然她曾經告訴過我，說今後律師會把離婚函帶給我，但是我不會在那上面簽字的。」我說，還是覺得有些說不出口內心的那個問題。

他竟然在點頭，「這次我去見她的時候她提出了這個問題。我告訴她，你們婚姻的問題應該再往後放一下。」

我心裏更不好受了，因為剛才律師的話說明了一點：趙夢蕾是真的想和我離婚，而不是像莊晴分析的那樣。所以，我覺得那個問題就更有必要問出來了。

「是這樣的。假如我有一個喜歡的女人，她現在給我生下了孩子的話，我算重婚罪嗎？」我終於問了出來。

他詫異地看著我，隨即說道：「既然你老婆決定和你離婚了，這個問題就不應該是問題了。你說是吧？」

我搖頭，「可是，我不想和我老婆離婚。特別是在現在的情況下。我不想讓她喪失掉所有的希望。」

「你和另外那個女人有結婚證沒有？」他問道。

我搖頭。

「你和她是不是長期居住在一起？」他又問。

我一怔，隨即搖頭，「沒有。」

他驚訝了一下，「那麼，周圍的人是否認可你和那個女人的婚姻關係？」

我還是搖頭，「周圍的人都不知道。是這樣的，我妻子不能生育，所以，我很想要這個孩子。」

「你這種應該不算重婚。我個人認為。因為重婚罪的判定很複雜，需要大量的證據。而且，必須要你現在的妻子去控告你。」他說，「按照你說的情況，我目前只能這樣回答你。不過，我覺得在目前這樣的情況下，你最好與你妻子離婚，以免造成不必要的麻煩。」

我心裏頓時放鬆了許多，「謝謝你。不過請你轉告我妻子，我是不會同意與她離婚的。對了，剛才我的問題只是一個假設，請你不要告訴我的妻子。」

「我明白。」他說，「這樣吧，你儘快與林總聯繫。你妻子的案子馬上就要送交檢察院和法院了，估計不久就要在法院審理了。」

「我現在還是不能去看她是吧？」我問道。

他點頭，「是這樣，不過應該很快就可以了。」

回去的時候發現莊晴不在。我想起她說要去買菜的事情。我覺得自己很累了，於是去躺在了床上，不多一會兒就進入到了夢鄉。

一陣香氣讓我從睡夢中醒來。起床去到廚房，看見莊晴在那裏搞得不亦樂乎，

「你不是說你不會做菜嗎？」

「我下午去書店看了幾個小時做菜的書，然後去超市買的現成的東西，作料什麼的人家都準備好了的。馮笑，我發現自己親自下廚做菜真好玩。對了，你先出去，不准你來看我，免得你笑話我。」她隨即將我推出了廚房。

我心裏感覺很溫馨，隨即穿好衣服去到書房。本想趁此機會看一會兒書，但是目光卻去到了電腦處，急忙去打開……我想再看看那個叫宋慧喬的韓國演員。

打開網頁後開始流覽，仔細看這個演員的情況，我發現，除了她的藝術照之外其他的都很平常。然後去仔細地比較她與莊晴的差異及共同點。結果發現，莊晴確實要比人家差一些。

「你又在看啊？」忽然，我聽到耳邊傳來了莊晴的聲音。急忙轉身去對她笑，「呵呵，你不是不讓我看你做菜嗎？所以就無聊地來上網了。」

「你是不是喜歡上她了？」她問。

「你說什麼呢。我是在比較你們兩個人的差別。」我哭笑不得。

「怎麼樣？找到了我們的差別了嗎？」她笑著問我道，隨即匍匐在了我的肩頭上面。

「嗯。」我說，「你和她最大的差別其實就是你是普通人，而她是明星。」

「廢話！」她說，「等於沒有說。」

「你沒懂我的意思。我的意思是說，這個叫宋慧喬的演員比你多了一份自信，她現在已經能夠做到在鏡頭前面自如地表現，你看她這張照片，她是多麼的清純，她的這份清純的展現很自然，沒有一絲做作與修飾。在她的眼裏，她就是公主，是這個世界上最有自信的人。而你，現在可能還做不到這一點。即使你去試鏡的話，展示出來的也絕對和她不一樣。呵呵！其實我也說不出什麼來，只是感覺到了這樣一些東西。」我說。

她即刻離開了我，去到了門口處，然後轉身，「我是殘花敗柳了，哪裏還那麼清純！」

我急忙地站了起來，快速地朝她跑了過去，輕輕將她擁抱住，「莊晴，你不要誤會我的意思好不好？其實現在的演員我也知道一些的，很多外表純潔其實私底下什麼事情都幹，算了，不說這些了。我的意思是說，這個演員所表現出來的那種味道，那種給別人的感覺，明白嗎？說了這麼大半天，我的意思其實就只有一個，那就是你一定得有自信。莊晴，我覺得你這個人內心很純潔，雖然有時候瘋瘋癲癲的，但是你善良的天性我看得很清楚。今後你要在那個圈子裏面去發展，就應該像人們展示出你的善良與純潔。現在的社會雖然很浮躁、很墮落，但是人們還是非常希望能夠看到人的善良與純真的。你明白我的意思嗎？」

「馮笑，你說得真好。」她低聲地道，「我們在一起這麼久了，我還是第一次聽到你說出這麼有意義的話來。」

我苦笑，隨即去呵她的癢，「你說什麼呢，難道我以前說的話都沒有意義？」

她「咯咯」嬌笑著從我的懷裏掙扎了出去，「你討厭！又呵我的癢！」

我心情大好，因為她現在已經不像在生氣的樣子了。

「來吃飯。你看，我做了好多菜。還有酒。」她說，就站在餐桌不遠處，很得意的樣子。

還別說，她做的菜真的還不錯。

她給我倒酒。

「莊晴，你也太鋪張了吧？五糧液？多貴的酒啊，你真捨得。」我驚訝地發現她手上的竟然是一瓶好酒。

「今天我高興。同時又是為了感謝你替我找了一份新的工作。這瓶酒算什麼？來，別小家子氣了，我們喝酒！」她笑著說。她的衣袖挽起了一截，露出白藕似的胳膊，我看著她的那個部位，頓時癡了。

「你幹什麼？沒看見過啊？我身上那個地方你沒看過呢？快啊，我們喝酒。一會兒你想看我哪裏我都給你看。」她朝我嬌笑。

我頓時清醒了過來，不禁搖頭，「莊晴，我剛才怎麼對你講來的？女人應該矜持一些的好。男人有一個最大的毛病就是，容易得到的就不會去珍惜。這一點你一定要記住。」

「馮笑，你這話是什麼意思？你以為我在任何男人面前都像這樣啊？」她即刻不悅地道。

「呵呵，我只是想提醒你。」我說，隨即舉杯，「來，莊晴，我祝賀你，祝賀你在新的事業上取得巨大的成績。」

「我不喝。」她噘嘴道。

「怎麼啦？真的生我的氣了？」我小心翼翼地問她道。

「你剛才說的話像那些領導一樣，還有，你不是說要矜持嗎？矜持就是不馬上答應你和你喝酒。」她說，隨即忍不住地笑了起來。

我大笑，「你還真會活學活用。」

接下來我們喝酒。她今天的話特別多，主要是講她在我們科室裏曾遇到的那些事。後來，她忽然說到了陳圓。

這個話題她說得很突然，「馮笑，我希望你一定要善待陳圓。我就無所謂了。」

「什麼叫你無所謂啊？」我瞪著她說。

她歎息道：「馮笑，今天你在車上的話我後來想了很久。我覺得，我們女人如果自己有那個能力的話，最好還是獨立一些的好，如果完全想去依靠某個男人是不行的。你不要生氣，我一點都不覺得你沒有這個能力。現在你看看你自己，老婆的事情搞得焦頭爛額，陳圓又有了你的孩子，所以我就不想再給你添亂了。我想好了，從現在開始我一定要努力，一定要爭取成功。我相信一點，只要我對自己狠一點，成功應該是沒有問題的。」

我不禁駭然，「對你自己狠一點？」

她點頭，「馮笑，不知道你發現過沒有？這個世界上取得成功的大多數人對自己都很狠的，因為他們對自己的要求太高了，所以不得不對自己狠。古人不是說過這樣一句話嗎？叫什麼『天將降大任於斯人也，必先苦其心志，勞其筋骨，餓其體膚，空乏其身。』這句話的道理其實和我說的差不多吧？」

我驚訝地看著她，「莊晴，我想不到你竟然還有這樣的認識。」

「我知道的東西還有很多呢。」她笑道，隨即歎息，「可惜我以前太懶了，總想走捷徑。現在看來自己是錯了。從今以後，我會加倍努力，努力再努力，一定要成功。馮笑，來，我們喝酒，從今往後我希望你監督我，隨時提醒我。」

「好。」我說，隨即與她碰杯喝下。

「馮笑，現在我最擔心的是陳圓。」接下來她幽幽地說道。

我當然知道她擔心的是什麼，不過嘴裏卻在說道：「莊晴，你就不要擔心她了。現在她有了一份她自己喜歡的工作。今天你也看到了，她很高興呢。」

她搖頭，「是，我看到了，我看到了她很喜歡她現在的那份工作，但是我也看到了她後來在流淚。」

我頓時黯然。

「你準備怎麼待她？」她卻繼續在問我道。

我心裏忽然難受起來，搖頭道：「我不知道。」

「你最好離婚。你老婆還不知道要在監獄裏面待多少年呢。你這樣不是很對不起陳圓嗎？」她說。

「不，我不會和她離婚的。莊晴，你不知道我內心的感受。對我老婆，我心裏很愧疚，覺得她太不幸了，所以我不能讓她更不幸。莊晴，我做不到。」我搖頭。

「那麼陳圓呢？你對她不愧疚？」她繼續地問道。

我朝她擺手，「莊晴，你別說了，我求你別說了。」

「你今天不是說過嗎？有些事情你無法迴避。既然如此，那你就應該做出抉擇。」她說。

「莊晴，你真的別說了。我問你，假如你是我，你會怎麼抉擇？」我說，感覺到有些頭痛起來。

「你是男人，而且我不是你。」她說，隨即又道：「馮笑，你知道你這個人最大的毛病是什麼嗎？是猶豫不決，是很多時候優柔寡斷。我已經告訴你了，從你目前的情況來看，最好的選擇就是和你老婆離婚。」

我搖頭，「不可能。」

「還有一個辦法，那就是讓陳圓打掉孩子，然後你們再也不見面。」她說。

「她不願意。」我歎息。

「難道你就願意了？」她猛然地笑了起來，「馮笑，我還不知道你嗎？你們男人哪個不是一樣？哪個不希望能有自己的孩子？你說得對，你現在確實無法抉擇，但是你今後總得抉擇是吧？現在孩子還沒有生下來，難道你希望你自己的孩子今後沒有父親？有句話說得好，叫長痛不如短痛。馮笑啊，你拿出你作為男人的氣魄來好不好？」

我沒有說話，自己給自己倒滿了酒，然後獨自喝下，「別說了，我想睡覺了。」

她沒有阻止我，「你就逃避吧，但願你不要像這樣一直逃避下去。」

躺在床上，我的腦海裏全是趙夢蕾的影子，我發現，中學時候的她在我心裏的模樣已經遠去，我腦海裏她的樣子是那麼模糊。而我們多年後的那一次見面，我第一次去她家，我們結婚的那天，她每次看到我回家的笑臉，她自首前夜那天晚上的一切，等等等等，竟然是如此的歷歷在目。

不，我不能在這時候拋棄她。

絕不！

我堅定地對我自己說。

可是陳圓……我心裏頓時疼痛起來，因為我忽然想到了今天我從她那裏離開時候她流淚的樣子。

哎！我發現自己唯有歎息。

不知什麼時候，莊晴進來了，因為她是直接鑽入到我的被窩裏的。「馮笑……」她在低聲呼喊我。

我沒有應答她，因為我的心裏很難受。

「你生我的氣啦？對不起啊，我今天喝了酒，有些激動。不過我是真的在替你著想啊。」她說，隨即來依偎在了我的懷裏。

「我知道。」我說，「可是，我現在真的不知道該怎麼辦。有一點我早已經決定了，堅決不會與趙夢蕾離婚。可是，陳圓那裏……我覺得自己很愧對於她，但是又找不到什麼辦法去好好處理這件事情。我想，或許等待，或許時間可以幫助我解決這個問題。莊晴，還有你，我不可能真正把你放下的，除非你不要我了。」

「馮笑，其實今天晚上我還有一句話很想對你說的。」她在我耳畔低聲地道，「馮笑，你想過沒有？我是遲早會離開你的。因為我想要獨立，還因為我不想讓你更加為難。」

前面我們在一起喝酒的時候，她說過不想讓我更為難的事情，但是我沒有想到她的真實意思其實是要離開我，現在，她說出來了，而我的內心卻如同猛遭錘擊，一種更大的難受感覺頓時向我襲來。我知道了，剛才我是知道她這個意思的，只不過我不願意相信罷了，那時候的我依然在逃避。

而現在，我已經無法再逃避了，「莊晴，只要你覺得那樣的生活更好，我不會阻止你的。」我說，這雖然是我違心的話，但卻是發自我的內心，因為我不能再自私下去。

「馮笑，明天你搬回去住吧。我們不能再住在一起了。我剛才說了，長痛不如短痛。既然這一天總會來到，那麼我覺得還是早一些做出決定的好。你說是嗎？」她說，隨即來親吻我的臉頰。

「好。」我說，心裏酸酸的，忽然有一種想要痛哭的衝動。前不久，我自己主動提出搬回去住的事情，那時候我並沒有感覺有什麼難受，但是現在我才發現，在這一天真正來到的時候，我竟然是如此的難以承受。

「馮笑，我是想，也許你獨自一個人的時候會更加清醒一些，那樣才會儘快對你自己的事情做出更好的抉擇。你說是嗎？」她的唇來到了我的耳垂上面。

「嗯，你別說了。我明白了。」我依然難受，對她的唇再也沒有了興奮的感覺。

「你這樣就好，我就擔心你會受不了呢。」她說，隨即朝我匍匐過來，「馮笑，今天晚上我們好好做一次吧，你答應了我的，讓我到你上面來。」

「莊晴，我現在沒有心情做那件事情。」我說。我說的是真話，因為我現在的心裏一片苦楚，根本就沒有那樣的興趣。

「不行，今天過後不知道下次是什麼時候呢。也許今後再也不會這樣了。馮笑，我們就進行一次告別儀式吧。」她說，隨即來解開我的衣服。

我掙扎了幾下，「不要，我真的沒心情。」

「你別動，我來就是了。今天我要當一回男人。」她說，隨即在輕笑，她的手已經解開了我睡衣所有的衣扣。

我在心裏歎息，便即不動，隨她在我身上折騰。

我的衣服和褲子都已經被她褪去，但是我依然覺得自己根本就沒有反應。她在看著我胯間笑，「馮笑，你怎麼變成麵筋了？要不我把燈關了吧，你把我想成是哪個女人都行。」

「莊晴，我真的沒有心情。你別鬧了好不好？」我說。

「不行，你越這樣說我就越不去關燈。對了，我還不准你幻想別的女人。今天很可能是我們倆的最後一次了，我得讓你記住我。」她嬌笑不已。

我不禁歎息，「那你來吧。」

第九章

難治之症

在去往病房的過道上我一直在想：
這個病人本應該是一個活潑開朗的女人，
但是現在，她似乎已經極度失望了。
說實話，我的內心有著一種極大的壓力，
因為從她所記錄過的情況來看，
她曾經找過許多專家診治過，而且效果都不好。
馮笑，你能夠治好她嗎？我不住地問我自己。

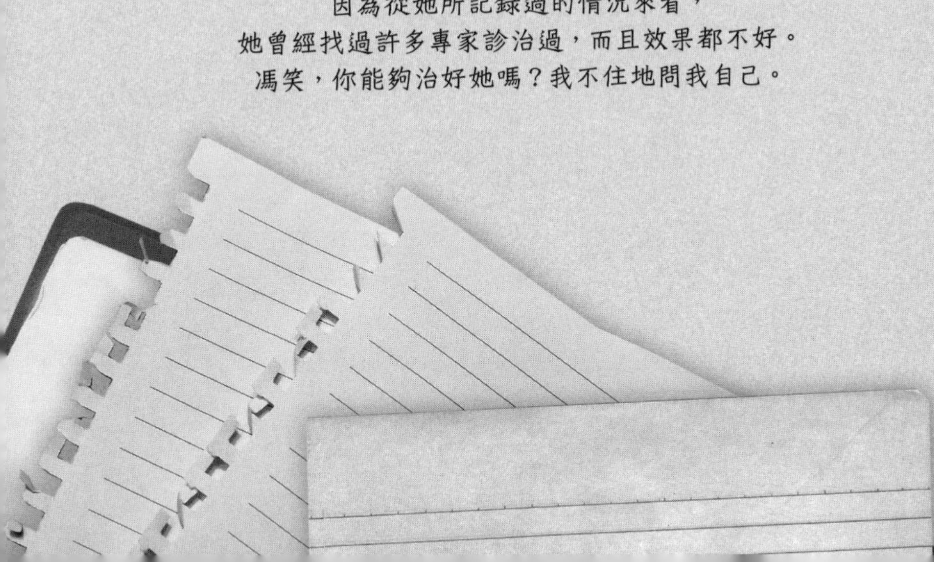

第二天早上我們又做了一次，這一次做得酣暢淋漓。因為是我主動。早上醒來的時候我忽然想到了一件事情——也許正如莊晴所說的那樣，我和她今後在一起的可能似乎沒有了，而她，卻正匍匐在我的懷裏，一絲未縷。於是借著早上的晨舉，我的激情猛然噴發。

本來她還在沉睡，我把她弄痛了，她這才頓時醒來。「討厭！」她「咯咯」地笑，「怎麼能這樣呢？你弄痛我了。」頓時我就感覺到她開始濕潤起來，我們開始激情擁抱、接吻、翻滾。我的每一次都很有力量，頻率很慢，每一下都讓她發出歡愉的呻吟，一次一次地有節奏地朝她撞擊，她終於吶喊了出來：「馮，馮笑，快，快啊……」

當一切都結束後，我即刻起床。因為我發現距離上班的時間很近了，而她卻已經癱軟在了床上。洗漱完畢後我去叫她，她懶洋洋地對我說了一句：「我今天去辭職，晚點去。無所謂了……」

我頓時笑了起來——這樣也好，反正要辭職了，無所謂了。

去到床頭，在她額上輕輕一吻，「莊晴，我今天搬回去住了，祝你一切順利。」

她伸出她白藕似的胳膊來將我抱住，「馮笑，我後悔了，我不想你搬走。」

「不，你說得對。有些事情遲痛不如早痛。就像給孩子戒奶一樣，總有那麼一天的，時間拖得越長今後反而更痛苦。乖啊，我馬上得走了，不然就遲到啦。我還得出去吃早餐。」我輕輕將她的胳膊從我頸上拿開，柔聲地對她說道。

「馮笑……」她嗲聲地道。

我即刻離開，「莊晴，有事隨時給我打電話。」

身後傳來了她的歎息聲。

我沒想到我剛剛到科室的時候她竟然也到了。我估計她肯定是沒有吃早餐。

「莊晴，你不吃早餐的習慣不好。今後你可能更忙了，長期這樣下去的話，會胃疼的。」我去悄悄批評她道。

「嗯。」她說，「我馬上去找護士長，然後還要去舅舅那裏。」

我忽然想起一件事情來，「你舅舅知道宋梅的事情了嗎？」

她點頭，「知道了。不過直到現在他都還不知道我們離婚的事情。」

「你辭職的事情他會同意嗎？」我又問道。

「他不同意又怎麼樣呢？反正我不來上班了，他拿我也沒辦法。」她癟嘴說。

「你儘量還是好好對他講吧。」我提醒了她一句。

「嗯。」她點頭，隨即去看了看周圍，「馮笑，你過一段時間再搬走好嗎？今天早上你離開後，我忽然感覺到孤零零的，再也睡不著了。」

我搖頭，「我還是搬回去吧，你實在想我了，或者我想你的話，打電話吧。」

她頓時高興起來，「這樣也好。」

我不禁歎息：有些事情說起來容易，真要做起來的話可就不是那麼容易了。

隨即又開始了婦產科醫生一天的工作。

還是先查房。發現昨天晚上的夜班醫生給我收了一個新病人。

這是一個年輕病人，臉色有些蠟黃，她給我的第一眼感覺是萎靡不振。因為她的頭髮是蓬亂的，我去到她病床前的時候她甚至懶得看我一眼。不過我感覺到了她眼神曾經來過我的臉上。

「給我說說你的情況吧。」我估計她是因為身體的極度不舒服才會如此，所以我的聲音更加柔和了一些。

「……」她沒有回答我。

「究竟怎麼啦？哪裏不舒服？告訴我好嗎？」我再次問道。

「醫生，我不想說話，這個，你拿去看吧。」她說，隨即從她床頭下拿出一個筆記本樣的東西給了我。我暗自詫異和疑惑，不過還是即刻接了過來。翻看封面後隨即發現，裏面原來是她記錄的她自己的病情。

這個病人好奇怪。我心裏想道，隨即對她說：「這樣吧，我先去看看你的病歷，然後再來給你檢查。」

她輕咳了兩聲，然後閉眼睡去。

其他的病人都檢查完了，去到單人病房的時候驚訝地發現，我週末上門診的時候收到的那個病人竟然在我管的這張病床上面。我記得她的名字好像是叫唐小牧。陰道收縮術後感染。

「你怎麼轉到我的這個病床上來了？」我有些詫異。

「我不是給你講了嗎？我只住你管的床。你是我見過態度最好的醫生。關鍵還是男的。」她回答說，同時朝我笑了笑。

「女醫生一樣的。」我說，心裏暗暗奇怪：這個人沒什麼問題吧？怎麼反倒特別喜歡男醫生呢？

「不一樣。」她說，「男醫生不會在外面隨便說病人的事情。女醫生的嘴巴太那個了。」

我頓時明白了：她的情況可能涉及到她不想為人知的很特別的隱私。不禁在心裏苦笑：很多女病人其實在內心並不接受男醫生的，現在她非得要男醫生管她，搞得我自己反倒覺得不正常了。

「這樣吧，你馬上跟我去檢查室，我看看你現在的情況。剛才我看了昨天值班醫生給你用過的藥物，現在想看看治療的效果。」於是我對她說道。

她跟著我去到了檢查室。我隨即吩咐她脫掉褲子上檢查床。分開她的陰部，我發現感染依然很嚴重，而且惡臭。提取了她的分泌物後急忙吩咐護士拿來生理鹽水對她的那個部位進行沖洗，護士沖洗幾次後我才基本可以看見她那個部位的真面目。她的那個部位紅腫得很厲害，像被發了酵的饅頭。而且這個病人的毛髮特別茂盛。我不禁皺眉。

「你給她備個皮。不然今後治療起來很不方便。」我吩咐護士道。

在門診的時候因為考慮到她要住院，所以就沒有給她剃去毛髮。昨天的值班醫生估計是嫌麻煩，只是給她開了抗生素。現在看來，目前這個病人使用的抗生素似乎並不對症。剛才我已經提取了她那個部位的分泌物，接下來將對她的分泌物進行細菌培養，同時做藥物的敏感性實驗。這樣就很容易找到最適合她的藥物。

她陰道裏面的傷口也是紅腫的，不過現在我暫時無法去處理它，因為必須先行控制她的感染。不過我在她的陰道裏面塞滿了浸滿抗生素的紗布條。這叫局部用藥。

處理好了這一切之後我讓她回病房，她卻看著我欲言又止。

「你先回去。我還有個病人沒有處理完。一會兒我要專門來問你相關的情況的。」我對她說。

她的臉紅了一下，轉身離開。

回到醫生辦公室後首先是開具今天的醫囑，包括那個叫唐小牧的，我給她暫時換了一種相對高級的抗生素。

開完了醫囑後，我才去看那個神情萎靡的病人的病歷。

這個病人有一個很好聽的名字，丁香。

主訴是多年白帶、月經異常，腰酸，腹痛。初步診斷為盆腔炎。

我覺得也很有可能是盆腔炎。看完了病歷後，我才去翻閱她的那個筆記本。

——一月一日。那天是我的生日，而當天下午我的病開始發作，肚子疼，腰酸，裏急後重，老跑廁所。

——一月二日。掛急診，醫生說尿路感染，打了點滴症狀減輕，當時月經剛完，可是有黃色白帶，再後來白帶裏面有血，急診的醫生建議我要去看婦科。打了兩天點滴之後，轉去看婦科，醫生隨便摸了一下說是盆腔炎，開了西藥和活血去瘀的中成藥，吃了幾天白帶好轉，可整個人站不直，兩肋脹痛，改成看中醫，說是濕熱，吃複方魚腥草液和中藥，兩肋好了，白帶也好了，卻變成便溏，這個月終於熬過了，以為便溏慢慢自己調一下飲食會好，沒想到可怕的婦科病一直伴隨著我。

——一月廿八日。大姨媽再次光臨，月經蠻多，很紅，現在想想應該是肝熱，還好差不多四天就沒了，還挺高興的，過一兩天又來，怕，趕緊又去看中醫。中醫這麼分析我的病，說是濕熱往下墜，覺得蠻有道理，這醫生開的藥基本以補為主，藥方裏總會放點紅參，第一方調月經，吃了三天，月經好了。

——二月二十號。大姨媽光臨的當天，一起床，發現有黃色黏液，下午大姨媽就來了，這次大姨媽到第五天我看還沒走的意思，怕！跑到省中醫的婦科去，托了人才加了主任醫師的號，當時的症狀，一疼就肚子脹，大便不成形，屁多，腰酸，診斷說是月經不調，做了B超也沒發現異常，婦檢說左側有包塊，可是平常我不舒服的是右側，心裏稍微安定一些，喝了一周的中藥和吃了中成藥止血丹（成分：益母草、血餘碳、阿膠），血終於止住了。

——三月一日。第二次去看的時候，醫生讓我查性激素（後來按別的醫生說，查的時間不對，我當時在月經來的十六天後查的），結果說我快閉經。（我孩子都沒生呢）。

——三月二十號。大姨媽來的第二天，第三次去主任那看，記得當時跟她說的是大便不成形，腸胃不好之類的，所以她開的都是補脾胃的中藥，其實我今天的月經量很大，以為是第二天沒關係，早上肚子也不疼，結果晚上回到家就開始疼了，第三天、第四天月經量都很大，腰酸肚子疼，一疼就怕冷，白帶裏帶血。

……

——六月廿九日。白帶又不正常，帶血，到今天為止現在還是傍晚發病，下腹和骶骨那發冷，疼痛難耐，老有便意，大腿酸軟，下午白帶增多，怕冷，不敢吹風扇，三天前去看過中醫，醫生是這樣描述我的病的，舌苔薄黃，脈弦細弱，她說我體質差，裏面有炎症，吃中藥和西藥，三天了還沒見任何的好轉。

她的記錄很詳細，什麼症狀、用的什麼藥物，效果等等，都記錄得很詳細。整個筆記本被她記錄得滿滿的。在筆記本的最後我看到了一段話——

我該怎麼辦，還有救嗎，折騰了這麼久，我對生活失去了信心，特別對自己的身體很沒安全感，雖然知道心態很影響身體，但自己的身體每況愈下，一天下來，上午還有點信心，下午就打擊沒了，我這屬於盆腔炎嗎，醫生有時候診斷我是月經不調，有時候說是盆腔炎，同事說我是心裏出問題，我迷茫了，我該堅持去看哪個醫生。怎麼辦啊？

這是我第一次看到病人自己記錄自己的病情，同時也明白了她剛才為什麼會是那樣一種狀態。我不禁在心裏歎息，合上筆記本，我朝她的病房走去。

在去往病房的過道上我一直在想：這個病人本應該是一個活潑開朗的女人，但是現在，她似乎已經極度失望了。說實話，我的內心有著一種極大的壓力，因為從她所記錄過的情況來看，她曾經找過許多專家診治過，而且效果都不好。

憑笑，你能夠治好她嗎？我不住地問我自己。

推開病房的門，我走了進去，心裏竟然第一次有了惶恐之感。

她依然閉著眼躺在床上。我不知道她是否真的睡著了。我去到了她的病床前，「丁香……」我輕聲地叫了她一聲。

她緩緩地睜開了眼。我將她的筆記本遞給了她，「我看完了。我對你的情況深表同情，謝謝你對我們醫院的信任，你放心，我們一定會想辦法治療好你的疾病的。」

她的眼睛亮了一下，「那你先說說，我究竟是什麼病？這是我最後一次下決心來住院了，再治不好我就只好去死了。」

她的話給了我一種無形的壓力，但是我卻必須得馬上回答她。可是，我該如何回答她呢？

我想了想，覺得對於這樣的病人首先得給她信心，而給她信心的前提，應該是實話實說。因為她就醫的次數已經很多了，聽到從醫生嘴裏說出的安慰話也應該已經不少。

「你的病情比較複雜，我們得認真檢查後再做出結論。我們是本省醫療技術最好的醫院之一，我們會認真研究你的病情的。我想這樣，看你同意不同意。首先我得對你進行一次細緻的檢查，如果需要的話我會邀請中醫、內分泌科的醫生一起來聯合對你進行會診。丁香，我剛才看了你的筆記，從你的筆記裏我發現了一個最根本的問題，那就是到目前為止還沒有任何人對你的病情做出明確的診斷。有一點你可能也知道，任何一種疾病最關鍵的是診斷，只有病情診斷清楚了之後，才能提出合理有效的治療措施。所以，我希望你一定要配合我們，配合我們對你先期進行診斷。好嗎？」我輕言細語地對她說道。

她在點頭。這一刻，我發現她的眼神裏發出了兩點亮晶晶的東西來，憔悴的臉上也頓時有了異樣的神采。我猛然地有了一種感覺：她本應該是一位漂亮的女人。

「那你現在跟我去檢查吧，好嗎？」我柔聲地問她道。

「嗯，麻煩你扶我一下吧。」她說，聲音很小。

「沒問題。」我笑著說，隨即問她道：「你的家人呢？」

她歎息，「我這樣子，誰還要我啊？早厭煩了，早跑了。」

我不禁黯然。

她的身體確實很虛弱，我扶她去往檢查室的過程中，她的身體一直在顫抖，短短的十多米的距離，她竟然停歇了兩次。

「經濟上有問題嗎？」在她要求停歇的時候，我問她道，「你不要誤會，我的意思是說你需不需要給你安排特別護理。」

「好吧。」她說。

給她檢查完畢後將她送回到病房，扶她上床，然後替她將被子蓋上，「你先好好休息一下，我去給你開醫囑。」

「醫生，我這究竟是什麼問題？」她問道。

「我好好去分析一下，一會兒再去內分泌科和中醫科請教一下幾位專家。我想了，如果我去請他們來會診的話，會增加你的費用的。你別著急，我去請教了他們之後再給你制定一個詳細的治療方案出來。你看這樣好嗎？」我問她道。

「謝謝你。」她低聲地對我說道。

我朝她微笑了一下轉身出了病房，剛走到病房外面，就聽到裏面其他病人在表揚我，「這個馮醫生是婦產科態度最好的醫生。他對我們病人是真的好。你啊，這次算是找對人了。」

我心裏頓時暖呼呼的。作為一名醫生，沒有什麼比這樣的東西更值得自豪的了。現在，我對自己的這個職業更加熱愛了。

隨即去到內分泌科和中醫科。可是他們都沒有給出明確的方案。我很沮喪。於是我去到了秋主任那裏。

「我去看看。」秋主任說。對於病情複雜的病人，任何醫生都會感興趣的，唯有昨天晚上值班的那個醫生不像這樣。因為她是蘇華。她馬上就要調到不育中心去了，所以才會這樣。

上次的事情過後，我明顯地感覺到自己與她有了隔閡。每次她看到我的時候都只是朝我微微一笑，我也如此。我和她之間幾乎沒有了話語。我自己知道，其實我心裏也很不想和她講話，每次看到她都覺得有些彆扭。

秋主任當然不會再次對她進行檢查，像這樣折騰病人的事情一般不會在我們這樣的醫院裏發生。她主要看的是病人的那本筆記，看完後才開始對她進行詳細的體檢。

「你什麼意見？」當著病人的面，她問我道。

「我覺得應該是兩種情況。一是盆腔炎，這個診斷應該沒什麼問題。第二是激素紊亂。這得進行血液化驗。當然，進行治療性診斷也很有必要，畢竟現在的檢測水準還達不到那個程度。」我說，這是我現在的想法。

「你的意見和我的完全一致，就這樣治療吧。」秋主任說。我頓時明白了，她這樣做的目的其實只有一個，那就是：仍然是為了增強病人的信心。

處理完了丁香的事情後，我去到了唐小牧的病房裏。她正坐在床頭處削水果。看見我進去了便急忙招呼我，同時將她手上剛剛削好的水果朝我遞了過來，「馮醫生，你吃一個吧。」

我朝她笑著搖頭，「我不能在病房裏吃東西，這是規定。呵呵！怎麼？你的家人來過了？」

「嗯。」她說，神情頓時黯然。

我有些詫異，「怎麼啦？」

她朝我淒然一笑，「馮醫生，你請坐吧。我想給你說說我的事情。」單人病房裏面有沙發，但是我不能去坐，「我穿有工作服，我也不能坐。你說吧，我聽著。」

「馮醫生，我的手術是我男人給我做的。」她說，隨即歎息。

我一時間沒有反應過來，「你男人也是醫生？」

她搖頭，「不是。」

我驚訝萬分，「怎麼可能這樣？」

「他覺得我下面太鬆了，但是又不想讓我到醫院去做手術。所以他就自己看書，然後給我做了。」她說，「馮醫生，請你千萬不要對其他人講這件事情，好嗎？我男人是一位自尊心很強的人。」

我憤怒不已，「唐小牧，這樣的男人你還替他說話？而且，你怎麼會同意他這樣做？」

「他是一個好人……」她低聲地道。

我一怔，「好人？有這樣的好人嗎？你知道不？他這簡直是拿你的生命開玩笑嘛。你知道嗎？那樣的手術雖然不大，但是很危險的，因為女性那個部位的血管豐富，幸好他沒有造成你大出血。你男人究竟是一個什麼樣的人啊？這樣的事情竟然也敢去做！」

「他是一個很聰明的人，但是太自信了。」她黯然地道，「而且他還是我的恩人，所以我願意聽他的。」

我哭笑不得：這都是什麼人啊？「唐小牧，我只能說，你的男人太不自信了。他這樣做本身就是一種不自信，因為他不讓你到醫院是因為他擔心別人知道他那東西太小的緣故吧？可是你呢？你竟然願意拿你自己的生命讓他去做這樣的試驗。真是不可理解！」

我有些憤怒了，但是即刻發現了自己的失態，因為我看見她的臉色已經變了，於是急忙地對她道：「對不起，我太激動了。唐小牧，我想送你一句話，這句話也是我一位女性朋友最近對我講的，她說：女人不能太依靠男人，最好依靠自己。希望你好好體會我的這句話。就這樣吧，你放心，替病人的隱私保密是我們作為醫生最基本的職業道德。此外，我會儘快解決你感染的問題，然後重新給你做手術。不過，有句話我還是要對你講一遍，因為我不想你今後再出現這樣的情況。你是女人，作為女人，首先是你自己得愛惜你自己的身體。明白嗎？」

在我說話的過程中一直在觀察她，發現她的臉色從憤怒到平和，一直到這時候的感激，「謝謝你，馮醫生。」

我朝她點頭，隨即過去將她的被子朝她上身拉了些許，「天氣冷了，不要受涼。」

她的眼淚頓時流了下來，「謝謝……」

我歎息了一聲，然後離開。

出門後卻發現莊晴正站在那裏朝著我笑。「怎麼樣？」我問她道。

「辭掉了。現在好了，我終於輕鬆了。本來我在開始的時候還有些惶恐緊張的，可是當我真的辭掉後頓時輕鬆了。哈哈！馮笑，晚上陪我喝酒好不好？」她竟然高興得蹦躂了起來。

我急忙地對她道：「別這樣啊，這是病房呢。」

她即刻地朝我做了個鬼臉，「不好意思，你還在這裏呢。我走了啊，晚上我們一起喝酒。」

我搖頭，「你現在馬上去公司吧，我們不是才說好不在一起了嗎？」

她噘嘴道：「明天開始。」

我心裏頓時升起一股柔情，「好吧。呵呵！我還正說晚上去拿我的東西呢。」

她隨即蹦蹦跳跳地離開了，像小孩子一般。我看她的背影，心裏不住地笑，一直笑到了臉上。

「馮醫生，她對你說什麼了？她幹嘛辭職啊？」我正微笑地看著莊晴離去的背影，忽然聽到有人在問我。是護士長。

「肯定是比現在好的工作啊，看她那麼高興的樣子就知道了。」我說。

「現在的年輕人啊，哎！這麼好的工作都不知道珍惜。」護士長搖頭歎息。

「護士長，我們都太守舊了。現在的年輕人追求的可是她們最喜歡做的事情呢。」我笑著說。

護士長大笑，「馮醫生，你才多大啊？這麼變得這麼老氣橫秋的了？」

中午下班前我給林易打了個電話，「中午一起吃飯，有空嗎？」
「好啊，你有事找我是吧？」他說。
「是。但願不會耽誤你的正事。」我笑道。他也笑，「現在你的事情就是我最大的正事。還是那家速食店。怎麼樣？」
他的話讓我聽起來覺得很愉快。
還是上次我們一起吃飯的地方，他點的依然是上次的那幾樣菜。我要的也差不多。
「律師說這件事情必須找你。」我把我和律師談過關於趙夢蕾的事情對他講了，隨即說道。
他沉吟，「這件事情可不是小事。對於那些醫療鑒定專家來講，這樣的事情風險極大。」
「我覺得她可能真的有這方面的問題呢。我一直都不明白，她那麼善良、溫柔的人，怎麼會幹出殺人的事情來呢。所以，我覺得她很可能精神上真的有問題。不然就很不好解釋。」我說。
「馮老弟，你的心思我明白。」他笑道，「其實好不好解釋這樣的事情只有你妻子自己知道。現在的關鍵問題是如何去操作。你想過沒有？這樣的事情任何人去操作都會涉嫌到違法。包括你，也包括我。」

我頓時慚愧起來，「對不起，我倒是沒有想過這個問題。不過，我覺得還是先去做一個鑒定的好。萬一真的有問題呢？」

他笑道：「如果按照正常的程序走，你還需要來找我嗎？」

我默然。

「我想想，過幾天給你回話。」他說。

「謝謝。林大哥，我想，這件事情還是不要為難的好。我不想把自己的朋友拉進去。算啦，不說這件事情了，就做正常的鑒定吧。我覺得沒有必要為了這件事情大家一起犯法。我想，我老婆也不希望我們這樣做。」我說。

他點頭，「你說得對。我們做任何事情都要考慮成本。你老婆畢竟犯下的是殺人罪，這樣的案子很容易受到社會關注，搞不好就會把所有的事情曝光，還是小心一些的好。」

我忽然想起他上次測字的事情來，「林大哥，你幫我測個字吧，我想知道我老婆會怎麼樣。」

他朝我笑道：「我可是半桶水，師傅的東西沒有學到多少。」

「就算是我需要的一種心理安慰吧。」我笑著說。其實，我心裏的好奇更多於我現在的需求。

「你說個字吧。」他笑道，「不一定準啊。我先對你說明白。有時候我要在喝酒後才有感覺的。」

「呵呵！這樣啊。那我說一個土豆的土字吧。」我的菜盤裏面有一份土豆絲，於是我問道。

「呵呵！這個字簡單，土，就是十一，你盤子裏的是土豆絲，絲代表的是很複雜。看來這件事情很麻煩啊。」他隨即笑著說。

我愕然地看著他，「測字就這麼簡單？」

他搖頭，「當然不簡單。測字要考慮多方面的因素。時辰、環境、文字的形狀、文字的意思，有時候還得考慮陰陽五行的東西。很複雜。當然，最重要的是當時的感覺。比如你這個字，你一說出來我首先想到的就是十一，也就是說，可能你老婆會被判十一年的徒刑。不過你不要過於相信，當成一種遊戲吧。」

「你懂陰陽五行？中醫不也是以這個為基礎嗎？」我心裏一動，即刻問他道。

「是的。」他回答，「中醫就是將五行與人的臟腑、五官、形體、和情志相配合。就臟腑而言，其分配為：木肝、火心、土脾、金肺、水腎；木膽、火小腸、土胃、金大腸、水膀胱。肺臟，就像一間小房子，藏在人體之中，能接納儲藏五氣，所以稱它為臟肺。五行與臟腑是相對應的，肝屬木，心屬火；脾屬土；肺屬金；腎屬水。五行還與人體其他器官相互聯繫，並且有又與天干相配，形成一個以五行為中心的人體構造系統，而中醫在進行人體病機辯證時，往往將系統內諸多因子聯繫起來考慮。呵呵，很複雜的，我也不大懂。不過我師傅以前教過我一些中醫的土方，可惜也早都搞忘了。」

「那你知道女性婦科疾病，比如內分泌失調之類的疾病有什麼土方嗎？」我隨即問道。

他頓時笑了起來，「老弟，你搞錯沒有？你可是婦產科醫生，怎麼問起我這個問題來了？」

我也覺得這件事情過於匪夷所思，於是笑道：「只是隨便問問。」

他搖頭，「我確實記不得了。你說我記那些玩意幹嘛？」

我笑道：「那倒也是。」

「你聽說過拉筋法嗎？前段時間我老婆感覺到經常腹痛，月經也不正常。結果她聽一位農村的老中醫說了這個辦法，她照著練習一段時間後竟然好了。」

「拉筋法？怎麼個拉筋法？我從來沒聽說過。」我搖頭說。

「所謂拉筋法，也就是抻拉韌帶。中醫認為，『骨正筋柔，氣血自流』，氣血通暢，則疼痛能消。因此，拉筋法的療效，首先表現在祛痛。此外，通過拉筋還可以達到排毒的效果。因為拉筋能打通背部的督脈和膀胱經，而膀胱經是人體最大的排毒系統，也是抵禦風寒的重要屏障，膀胱經通暢，則風寒難以入侵；內毒能隨時排出，這種方法對女性內分泌失調有一定的作用。呵呵！我也是從老婆那裏聽來的。」他說。

「具體是怎麼個拉筋的？」我問道，很感興趣。

「拉筋法分為站位和臥位……」於是他把具體的方法告訴了我，隨即笑道：「幸好我對中醫有些興趣，而且那段時間天天看我老婆練習，不然的話我還講不出來呢。」

我很高興，決定一會兒回去後讓丁香也試試這個辦法，等她的檢驗結果出來後開出有針對性的處方後再看看效果如何。

其實在我的內心裏面對丁香的疾病還是有著很大的畏難情緒的，正因為如此，我才如此迷信中醫方面的一些土方法。要知道，慢性盆腔炎和女性激素分泌紊亂是很難治療的疾病。因為這兩種疾病都有一個共同的特徵，那就是慢性。對於西醫來講，對慢性疾病往往束手無策，而中醫恰恰對慢性疾病有一定的效果。

第十章 不值得愛的理由

我急忙地道：「對不起，我不該提這件事情。
我想說的不是這個，而是以後的事情。
圓圓，我不是一個好人，
我和莊晴，還和其他的女人都有著不正當的關係，
同時還和你……圓圓，像我這樣的男人是不值得你愛的，
更不值得你對我託付終身。對，我可以和趙夢蕾離婚，
但是我並不值得你愛我啊。你明白我的意思了嗎？」

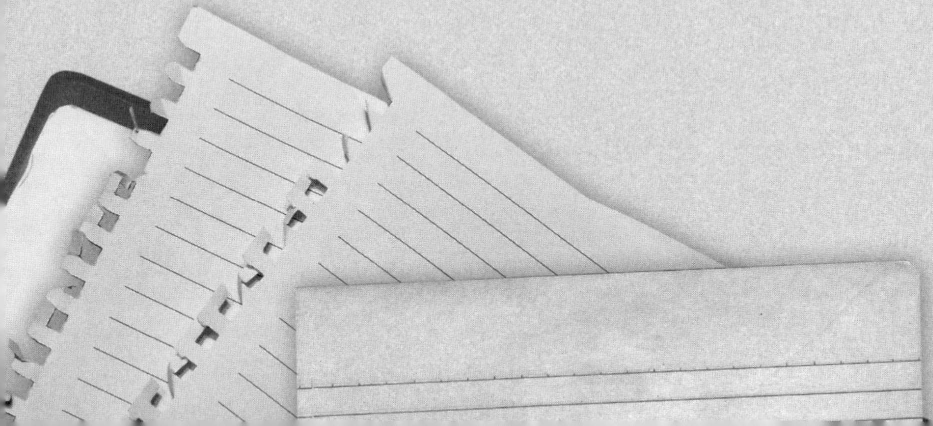

下午的時候接到了一個電話。是孫露露打來的。當我聽到她的聲音的時候，才忽然想起自己今天忘記了她的事情。

「馮醫生，我聽上官說你找我？」她在電話裏面問我道。

我頓時明白上官琴可能沒有告訴她實情，「是。」我回答。因為現在我在辦公室裏，所以不好對她講具體的問題。

「什麼事情？」果然，她這樣問我道。

「這個……」我說，「這樣吧，我給你發簡訊，你一會兒注意看一下。」

「什麼事情啊？搞得這麼神秘？難道你要請我吃飯？」她笑道。

我忽然想起上官琴對我說過的話來，「我可請不起你。」

「我不挑剔的，路邊攤都行。」她笑著說。

「你一會兒看我簡訊吧。」我說，即刻掛斷了電話。不知道是怎麼的，我忽然有一種心慌的感覺。我感覺到，有的女人天生就會讓人產生浮想。我不得不承認，孫露露的那對小酒窩太迷人了，還有她的身材與美麗。

幾分鐘後我才給她發過去一則簡訊：你需要去檢查一下你的乳腺。想了想，我又加了一句：我摸到了你右側乳房裏面有包塊。

簡訊發完後不到兩分鐘，她就給我打來了電話，「真的？」

「是的。」我說。

「不會是癌症吧？」她問，聲音有些驚慌。

「那種情況並不常見，但現在誰敢確定呢？你抽時間去看看吧。趁早。」我說。

「你幫我找一個醫生好嗎？」她問我道。

我看了看時間，「那你馬上過來吧。你多少時間可以到我們醫院？」

「二十分鐘吧。」她說。

「好吧，二十分鐘後我在普外科門診等你。」我說。電話被她即刻掛斷了，我可以想像得到她現在內心的驚慌。

隨即給普外科門診打電話，「今天是哪幾位醫生的門診啊？我是婦產科的馮笑。」

值班護士即刻告訴了我。不是她一定認識我，一般來講醫院內部的人相互還是比較客氣的。

還好，有一位醫生我熟悉。

二十分後孫露露到了。我帶她去到診室。她在門口處一看裏面是一位男醫生，就即刻往後面退縮了回去。「幹嘛？」我問她道。

「怎麼是男醫生？」她問我道，臉上緋紅。

「外科呢，都是男醫生。乳腺科是普外科的一部分。」我解釋說，隨即看著她笑，「你上次不是……呵呵！今天你怎麼了？」

「不一樣的。」她說，「我和你畢竟比較熟了吧？乾脆你給我檢查得了。」

我哭笑不得，「我不是專科醫生呢。正因為如此，我才覺得需要他們給你仔細檢查一下。」

「你們醫院真是的，怎麼都讓男醫生檢查女病人啊？」她嘀咕道。

我不禁覺得好笑，不過她的話已經表明了她同意讓這裏的醫生給她做檢查的意思了。

「怎麼樣？」外科醫生給她檢查結束後，我問道。

「右側有一個很小的包塊。」醫生說，「我建議取一個活檢。」

「不管是良性與否都得切除是吧？與其如此，還不如直接手術算了，手術的時候做活檢不行嗎？」我問道。

「這得徵求病人的同意才行。畢竟良性與惡性手術的範圍不一樣。」他說。

我當然知道，如果是惡性的話，就得切除她的整個乳房，甚至連周圍及腋下的淋巴結都要清除掉。這樣的事情往往是女性最無法接受的。所以外科習慣先取樣做活檢，如果證實確實是惡性的，在這種情況下病人就沒有了選擇。而在此之前，病人總是會抱有幻想，所以她們往往不會同意一邊手術一邊活檢的方式。

我點頭，「我去問問她。」

外科醫生看著我笑，「馮醫生，你們婦產科醫生真好，身邊的都是美女。」

我也笑，「我多大公無私啊。不是把她帶來給你也摸了嗎？」

他大笑。

醫院裏面的醫生開玩笑都很隨便的，何況我和他還比較熟悉。而我這樣和他開玩笑的目的，卻是為了不讓他懷疑我與孫露露的關係。只有對與自己沒曖昧關係的女人我才會開出這樣的玩笑來。當然，孫露露現在是在診室的外邊等我，診室裏面也沒有其他的病人。

出去後我對孫露露講了醫生的建議。

「我好害怕。」她說，整個一副小女兒情狀，與她在喝酒、夜總會的時候完全不一樣。當然，與她那一次在我面前的時候更不一樣了。

「必須要做活檢的，這是為了排除癌變的可能。」我溫言地對她道。不管怎麼樣，她現在是病人，所以我只能這樣溫言地勸她。

「需要住院嗎？」她問。

「活檢的樣本不需要。門診就可以做。如果你同意的話，我馬上去給那醫生說說。」我對她說道。

「我聽說如果是癌變了的話，就要切除整個乳房。是不是這樣？」她問我道。

我點頭。

「那多難看！」她的臉色猛然地變得蒼白起來。

「沒有什麼比一個人的生命更重要。」我說，「你一定要想清楚這一點。」

「我……」她的嘴唇都嚇白了。

「呵呵！別這樣啊？現在還不清楚究竟是良性還是惡性的呢。」我說，「一般來講，像你這樣的情況良性居多，活檢只是為了排除。」

我說的是真話，更多的是對她的一種安慰。有時候我發現：女人對美麗的追求往往勝過她們對死亡的恐怖。當然，在最後的關頭她們還是會選擇生命的。

她終於答應了。我在心裏苦笑：都是什麼事啊？好像是我在求她似的。

同一個醫院的人就是好辦事。那位外科醫生即刻去到門診手術室給她取了活檢。因為不是急診，所以結果要三天後才可以拿到。

孫露露的臉色一片蒼白，她出來的時候嘴唇都在顫抖。

「可不可以馬上看到結果？三天，這三天我怎麼過啊？」她對我說，眼淚在往下流淌。

「加急吧，做冰凍切片。」我說。

「那你去給醫生說一下啊。」她催促我道。

我完全理解她現在的心情，「好吧。」

外科醫生當然答應，「其實不用的，白白地多花錢。」他說，隨即朝我笑道：「再漂亮的女人，再漂亮的乳房，裏面都是一堆脂肪。」

我也笑，「再好看的陰道，其實就是一截腸子。」

他大笑。

平常我和他經常開玩笑，大家都是醫院裏面的醫生，這很平常。只不過不能讓病人聽見。

隨後我去給病理科打招呼，希望他們儘快把孫露露的結果拿出來。反正已經多繳了費，不如讓他們搞一下特殊。

時間已經要到下班的時候了，我和孫露露在病理科外面等結果。這時候莊晴打電話來了，「晚上想吃什麼？」

「隨便吧。」我說。

「不准隨便，隨便是什麼啊？」她不滿地道。

「你說吧。」我苦笑。

「我們去吃兔子。」她說，「以前你說的那什麼泡椒兔，反正陳圓不在。」

「行。」我說。

「我要減肥，吃兔子肉不會長胖。」她在電話裏面笑。

我不禁苦笑：你還減肥？再減就沒有了。

電話剛剛掛斷，我忽然接到了另外一個電話，是林易打來的，「你現在在什麼地方？」他問道。

我很奇怪，因為他沒有稱呼我「馮老弟」。

「在醫院裏面。」我說。

「上官來接你來了。」他說，語氣有些硬梆梆的，我聽了有些不大舒服，「什麼事情。」

「你來了就知道了。」他說。

「我晚上已經安排了其他事情了。」我說，其實是一種拒絕。我很反感他用這樣的語氣對我說話。

「對不起，」他的語氣變得柔和了些，「對不起，我心情有些激動了。是這樣，你來吧，是陳圓的事情。」

我大驚，「陳圓怎麼啦？」

「你來了就知道了。」他說，隨即掛斷了電話。

我頓時慌亂起來，急忙給上官琴打電話，「你到什麼地方了？」

「堵車，還在距離醫院較遠的另外一條街上。」她回答。

「究竟出了什麼事情？陳圓究竟怎麼啦？」我急忙地問道。

「我也不知道。老闆叫我來接你。」她回答，「陳圓怎麼啦？」

「我哪裏知道？」我說，心急如焚，「林總讓你接我去什麼地方？」

「就別墅那裏啊。」她說。

「我馬上去搭車，你調頭吧。」我說，隨即去對孫露露道：「你自己在這裏等結果，我有急事。」

「馮……」我聽到她在說，但是我已經沒有心思再去理會她的事情了，轉身就往醫院外面跑去。

在計程車上的時候，我給莊晴打了個電話，「陳圓出事情了，我得馬上趕過去。你自己去吃飯吧。」

「啊?!出了什麼事情?」她問道，聲音很驚慌。

「不知道，我現在正在計程車上。」我說，「就這樣了啊，掛了。」

「我馬上開車去。」她說。

我沒有反對，因為我已經沒有了心情去反對。

一路催促著計程車司機快點，司機很冒火，「再快也不能飛過去吧？你看這車堵的！我有什麼辦法？現在正是下班的高峰呢。」

我心急如焚，但是卻毫無辦法。

這時候孫露露打電話來了，我根本就沒有心情接聽她的電話，「我有急事，就這樣。」我說了一句話就掛斷了電話。

陳圓，你究竟出了什麼事情啊？我的心裏不住地在想。猛然地，我發現自己好傻，急忙給陳圓撥打電話過去。

可是，她竟然沒接！我的心裏更加慌張了。

到達的時候天色已暗，夜色中我感到異常的寒冷。

付完車錢就往別墅裏跑去，忽然聽到身後上官琴在叫我：「你別著急，我才問了林總，事情不是你想像的那樣。」

我急忙轉身，「那是怎麼樣的事情？」

「林總也沒有具體說。」她笑道，「別緊張啊。對了，孫露露給你打電話沒有？」

雖然我現在心裏依然忐忑，但是已經輕鬆多了，「帶她去做了檢查與活檢，正等結果呢，林總就打電話來了。我在車上的時候她還打電話來呢，我沒心情與她多說，就把電話掛了。」

現在，我忽然有些內疚起來——萬一她是惡性的呢？急忙地撥打過去。

「對不起，剛才我太著急了，什麼情況？」電話通後她沒有說話，於是我直接問她道。

「馮大哥……」她忽然在電話裏大哭了起來。我心裏猛地一沉，難道真的是惡性的？

可是，她接下來對我說的話卻是，「馮大哥，是良性的。謝謝你！嗚嗚！嚇死我了。」

我哭笑不得，原來她是喜極而泣！

現在，我依然忐忑，因為我忽然想到林易電話裏的那種語氣。上官琴走在了我的前面，我跟著她往裏面走去。

進去後第一眼就看見了林易，他的臉上竟沒有笑容。「上官，你先回去吧。」他說，隨即朝我走了過來，「我們出去走走。」

「陳圓呢？」我問道。

「她沒事，她現在正和我老婆在一起。」他說，臉上依然沒有笑容，很平靜。

「究竟發生了什麼事情？」我問道。

「走吧，我慢慢告訴你。她沒事。」他說，隨即拍了拍我的肩膀。

我狐疑地跟著他往別墅外面走去，看到上官琴開車正離開。

「陳圓是不是懷了你的孩子？」林易也在看著上官開車離開的地方，忽然地問我道。

「是。」我回答，心裏更加詫異：這件事情還不至於讓你這樣吧？這可是我的私事，關你啥事情？

「你準備怎麼辦？」他問我道，聲音裏沒有一絲的色彩。

「什麼怎麼辦？這件事是我和陳圓之間的事。我們自然知道該如何處理。」我不悅地道。

「那麼，你準備娶她嗎？」他又問道，聲音很冷，與我周圍的空氣一樣。

「林總，你這話是什麼意思？這是我的私事，我不希望別人來管，你明白我的意思嗎？」我更加不悅起來。

「這不光是你的私事，也是我的事情！」他冷冷地道。

我一愣，隨即大笑，「林總，你這是開玩笑吧？我和陳圓的事情關你什麼事？她不就是你的員工嗎？她又沒有賣身給你。你這話真好笑！」

「馮笑，如果我們不是朋友的話，我真想狠狠揍你一頓！」讓我想不到的是，他竟然歎息著說出了這麼一句話出來。

我詫異地看著他，「林總，這是哪裏和哪裏啊？我什麼地方惹到你了？」

他隨即說出了一句話來，我聽了後頓時目瞪口呆——「她是我老婆的女兒。」

我大吃一驚，隨即目瞪口呆。

「你是不是覺得我的話很奇怪？」他問我道。

「我不明白你的話。」我說。我是真的不明白：陳圓怎麼成了他老婆的女兒了？假如他的話是真的，怎麼又不是他的女兒呢？

「今天，我老婆發現陳圓幾次嘔吐，於是就去問她是不是懷孕了。陳圓隱瞞不住才說了實話。我老婆就讓她脫了衣服去看她的肚子，結果看見了陳圓胸前的那塊玉。」他說。

「玉？那塊玉你老婆認識？」我彷彿明白了。

「你知道那塊玉是吧？」他問道。

我點頭，「我聽陳圓講過，她說那是她父母留給她的唯一線索。我看見過那塊玉，上面寫有江南二字。」

他歎息，「那是我老婆當年留下的。哎！馮笑，你說這個世界奇怪不奇怪？這母女之間就好像心有靈犀似的。陳圓從外地找到我們省來，然後與我老婆通過你而認識。這好像是冥冥之中有著天意一樣。更奇怪的是，我老婆第一次見到她就有一種特別的親近感覺。你說這不是命中註定的又是什麼？」

「是心靈感應。」我說，心裏也暗暗稱奇，「不過，你怎麼說陳圓是你老婆的女兒？難道她不是你的女兒？」

「當然應該算是。」他說，隨即歎息道：「有件事情你不知道。當年我與我老婆結婚的時候，她曾經告訴過我她過去的事情。她曾經有個戀人，兩個人相好之後，那個男人卻忽然失蹤了，可是那時候她已經懷有身孕。她一直在等那個男人回來，但是等到肚子一天天大了起來，等到孩子生下來都沒有等到那個人。

「她的父母都是教師，很愛惜面子。她發現自己懷孕後就給她的父母撒了個謊然後來到了省城，生下孩子後卻不敢養她，因為她不能長時間不回家。所以她就只好將那個孩子悄悄放到孤兒院的門前。

「在此之前她去商店買了一塊玉，隨後自己用刀子在那塊玉上面刻下了江南二字，一是想告訴孩子她的出生地，二是因為孩子的父親姓江。後來，我與她認識結婚，那時候我的前妻剛剛去世不久，而我的事業也剛剛起步，我們兩個人就這樣結成了家庭。我們結婚前她告訴了我這一切。我完全沒有想到她竟然還有母子相逢的這一天。哎！真是天意啊。」

「你以前不是說你曾經也有個孩子嗎？」我忽然想起我們第一次在這個地方的時候，他對我談及到的那件事情來。

「是，當時我有個孩子的。可是，被我前妻給丟了。當時我那孩子只有三歲，我前妻帶著孩子上街，結果不小心把孩子給弄丟了，從此她就變得神志不清起來。本來我是安排了人專門照看她的，可她是活人啊，怎麼能夠看得住？結果她從家裏跑了出去，掉到水塘裏淹死了。哎！人啊，都有自己的命。現在我終於相信那位易學老人告訴我的話了，天可憐見，我這麼些年做善事，終於有了自己的孩子了。」他歎息著說。

我聽得呆住了，而且很是感慨。我也想不到自己竟然能夠碰上如此離奇的事情。而且，這個事情的其中一個主角竟然與我有著那樣的關係。

有人認為，在父子之間、母女之間、兄弟姐妹之間、夫妻之間、戀人之間可能存在著一種生物場，這樣的磁場造成的心靈感應似乎每日每時都在發生。特別是在孿生兄弟或者姐妹之間的生物場似乎最強。

不過，這樣的生物場一直僅僅是一個傳說。現在，我有些相信了一件事情：這個世界真的有心有靈犀、真的有心靈感應。

我被他告訴我的一切驚呆了，頓時不知道該說些什麼才好。

「馮笑。」他在叫我，再也沒有稱呼我「馮老弟」什麼的了。當然應該這樣，我和他老婆的女兒是那種關係啊。

我去看他，不知道他接下來要對我說什麼。

「馮笑，你必須與你老婆離婚。」他說，卻沒有來看我，他看著別墅的遠處。

「我做不到。對不起。」我說。

「除非你希望你老婆在監獄裏面待上十幾年。」他冷冷地道，「現在我可以答應你中午的那個請求，條件就是你必須和你老婆離婚，然後馬上與陳圓，不，她馬上就要叫林楠了，你馬上和她結婚，在她孩子生下來之前。」

「如果我不答應呢？」我說，自己也沒有了多少底氣。

「那樣的話，你就會害了兩個人。那個叫趙夢蕾的女人，還有我的女兒。」他還是冷冷的語氣。

「你別逼我。」我說，聲音更小了，因為我忽然發現他說的很對。

他猛然地大笑，「我當然不會逼你。不過你自己可要想好了，你老婆如果在監獄裏面待上十幾年出來會是什麼樣子？她能不能在裏面活上十幾年還難說呢。你以為監獄裏面是什麼地方？那是人間地獄。你明白嗎？」

我心裏頓時恐懼起來，一是我知道他說的是對的，二是我知道自己面前這個人的能量。

「你是男人，做事情就應該果斷一些。優柔寡斷的像什麼？陳圓哪點對不起你了？是，你曾經幫助過她，給了她重生的機會，但是她不是對你也以身相謝了嗎？而且現在還懷上了你的孩子。你老婆不能生育，這件事情我已經調查過了。你想想，只要你答應了我的這個條件，一是你老婆可能不會坐牢，二是你會有你自己的孩子，可以和自己的孩子正大光明地生活在一起，三是你有了我這樣一位老丈人，你想要什麼不可以？你說是不是？對了，還有那個莊晴，你今後不得與她有任何的更深的交往，當然，我還是可以用一個條件與你交換，那就是我出錢把她捧紅。怎麼樣？馮笑，我這個人是很講道理的，我剛才對你提出的所有條件並不過分。」他來扳住我的肩膀真摯地對我說道。

我不由得心動，「我……」

這時候，一輛車在我們前方不遠處停下，即使是在夜色中我也知道是誰來了，因為我看到那是一輛白色的轎車。莊晴來了。

「她來幹什麼？」林易冷冷地問我道。

「她不知道陳圓究竟出了什麼事情。」我說，心裏忽然惴惴不安起來。

「這樣啊。」他的臉色頓時好了些。

「馮笑，陳圓出什麼事情了？」莊晴朝我們跑了過來。

「你去給她說說，讓她先回去。一會兒進來把你的決定告訴陳圓，告訴我們。」林易拍了拍我的肩膀後，轉身進入到了別墅裏面。

「馮笑，我問你呢。怎麼不回答我？剛才你和林老闆在說什麼？」莊晴氣喘吁吁地跑到了我的面前。

我苦笑著搖頭。現在，我的心裏亂麻似的，不知道該怎麼去對她講。

「怎麼啦？陳圓……」她在問我，滿臉的驚駭。

「她沒事。」我朝她苦笑道。

「她沒事你幹嘛給我打那個電話？」她責怪我道。

「莊晴，林老闆剛才對我提出一個條件，他要求我們從此斷絕一切關係，條件是他負責把你捧紅。」我說道，隨即去看著她。

她很吃驚的樣子，「為什麼？他為什麼要對你提出這樣的條件？」

「因為……」我說，覺得有些說不出口，「因為陳圓是他的女兒。他老婆看到了陳圓的那塊玉。」

她連退了幾步，「不會吧？馮笑，你和我開玩笑的是不是？」

我搖頭，「不，我說的是真的。」

「怎麼會這樣？怎麼會這樣？」她頓時驚呆了，嘴裏喃喃地道。

我轉身，因為我忽然感覺到自己正在掉淚，「你回去吧，自己好好開始新的生活。莊晴，這樣也好，對你、對大家都有好處。」

「馮笑，我無所謂。但是你告訴我，你以前口口聲聲說你不會和你老婆離婚，那麼現在呢？現在你怎麼打算的？」我聽到她在問我道。

我依然沒有轉身，「你以前不是也勸過我應該和陳圓在一起的嗎？」

「以前是以前，現在是現在！馮笑，你是不是看上了林老闆的家產了？」她大聲地問我。

我忍不住地大笑起來，卻聽見自己的聲音裏在哭泣，「莊晴，你真好笑！你總是把你自己的想法強加於人。哈哈！」說完後我就直接地朝別墅裏面走去，再也沒有轉身。

「馮笑，你……你可要好好想清楚。」身後傳來的是她的勸告聲，而不是她的氣急敗壞。

我站住了，依舊沒有轉身，因為我不想看到她現在的神色。終於，不一會兒我聽見了汽車開走的聲音。長長地歎息了一聲後，朝別墅裏走去。

林易站在那裏朝我笑，「馮笑，你這才像個男人的樣子。」

陳圓和施燕妮的眼睛都是紅腫的。我站在不遠處看著她們，林易在我身旁。

「說話啊。」他在提醒我。

我嘴巴動了動，但是卻什麼也說不出來。

陳圓抬起頭來看我，施燕妮也抬起了頭來。這一刻，我忽然發現她們兩個人還真的有些相像。眼神。

「哥……」陳圓叫了我一聲，眼淚開始往下流淌。

我歎息了一聲，「陳圓，我決定了，我要娶你當我的妻子。」

「不……」她滿眼的驚駭。

「我們的孩子不能沒有父親。」我說，目光柔和了起來，「我會儘快和我現在的妻子離婚的，你放心好了。」

說完後我就離開了。

我是從別墅裏跑出去的，一直跑到了外面的馬路上，然後沿著回城的路上一路狂奔，一直到我沒有了奔跑的力氣才停了下來。我坐在了冰冷的地上，不住喘息。

「夢蕾……」我聽到自己在叫著這個名字，腦海裏湧現出的是這個名字的一切音容笑貌，眼淚再也止不住地奔瀉而出。

「夢蕾，對不起。嗚嗚！對不起，夢蕾……」多少年了，我第一次這樣痛哭，毫無顧忌地、肆意地大聲痛哭，比趙夢蕾離開我的那一天還要痛哭得厲害。現在，此時，在這空曠無人的地方，我用自己的痛哭發洩著內心的傷痛。這一刻，我才真正地知道了自己的內心：在我心靈的深處，其實是深深地愛著她的啊。

不知道過了多久，我才感覺到自己後面不遠處停著一輛車，因為它忽然打開了燈光。車燈劃破了黑夜，照射著已經停止哭泣的我。一個人朝我走了過來，他朝我伸出了手，他在歎息，「走吧，上車。我陪你去喝酒。」

我搖頭，「你送我回去吧，我不想喝酒。」這一刻，我發現自己忽然變得堅強了起來。

他把我送到了莊晴所住的社區外面，「去吧，去和她度過最後一個晚上。」

我還是搖頭，「不，你送我回家。既然我已經答應了你，我就應該做到。」

他歎息，「一個人只要無愧於心就好。去吧，和她在一起好好說說話。一個人說出承諾容易，做起來是很難的。與其今後做不到，還不如不答應。有些事情大家心裏有數就行，不需要那些表面上的東西。」

我沒有明白他話中的意思，但是我坐在車上沒有動。

「今天我對你提的條件也許太苛刻了，剛才我也想了，如果我非得要你今後不去見莊晴，不去見你老婆，是不可能的，即使你答應了也做不到。因為你不是那樣的人。所以我想了，與其讓你答應那些做不到的事情，還不如隨你的意，只要你今後真的對陳圓好就行了。但是，你必須得和她結婚。你剛才不是說了嗎？你們的孩子不能沒有父親。」他繼續地說道。

「你送我回家吧，我明天還得上班呢。」我說。

他再次歎息了一聲，將車緩緩朝前面開去。

回到家，我發現自己竟是如此的淒涼與悲愴。家裏的地上和所有的傢俱上都鋪滿了一層灰，我想起自己在趙夢蕾離開後很久沒有回來，心裏更加的自責。

歎息了一聲，去找了一張舊毛巾開始慢慢做家裏的清潔。

一直到半夜才打掃完了家裏的一切，和衣睡倒在了床上。

幸好長期養成的早期習慣讓我準時地醒轉過來，但是卻感覺到自己頭痛欲裂，雙眼也疼痛得厲害。急忙去洗了個熱水澡，隨後出門而去。

在醫院的外面吃了早餐然後去到科室，迎面碰上了蘇華，她張大著嘴巴看著我，「馮笑，你生病了？臉色怎麼這麼難看？」

我朝她苦笑了一下準備離開，她卻猛然地抓住了我的胳膊，「馮笑，究竟發生了什麼事情？不行，你這樣子不能上班，你得回去休息！」

「沒什麼。」我說，掙扎了一下，可是她卻死死地拽住了我的胳膊，「你別這樣，無論出了什麼事情也不能作踐你自己的身體。你聽見沒有？馬上回去休息。我去秋主任那裏給你請假。」

我頓時感覺到自己疲憊之極，「謝謝，那我回去了。」

她這才露出了笑容，「回去吧，有事情給我打電話。」

我幾乎是跌跌撞撞回到了家的，回去後就蒙上了被子睡覺。

我看見趙夢蕾了。她就在我前面，淡綠色的上衣，咖啡色的褲子，一條馬尾辮在她的腦後左右擺動著。她身形婀娜，款款而行。

「夢蕾！」我驚喜地大叫了一聲，她轉身，一張清純美麗的臉出現在了我的眼裏。「夢蕾，真的是你啊？」我驚喜萬分，急忙地朝她跑去。她朝我嫣然一笑後卻繼續往前面走去。

我加快了腳步，很奇怪，竟然始終追趕不上她，「夢蕾！」我著急地大叫，同時快速地朝她的背影跑，可是，我卻依然追趕不上前面緩緩而行的她。眼看著她在街道的前方轉彎，我焦急萬分，一邊繼續追趕一邊大叫她的名字。她彷彿沒有聽見，轉過彎後就消失不見。我奮力地奔跑，終於到達了轉彎的地方……

「哥，你在找誰啊？我不是在這裏嗎？」猛然地，我發現我面前出現的是一張純淨的臉，是陳圓，她的懷中抱著一個孩子。

「陳圓……」我叫了她一聲，然後四處張望。

「哥，你看看我們的兒子，你看，你看他長得多像你啊。」陳圓在叫我，她的眼神卻在她懷裏孩子的臉上。我沒有發現趙夢蕾的蹤跡，於是只好朝陳圓走了過去。我看見，她在對著我笑。「我們的孩子？」我問道，猛然發現自己始終看不清孩子的臉。

「陳圓，你看見你趙姐了嗎？」我問道。

「趙姐？哪個趙姐？你老婆啊？她不是已經被判了死刑，被槍斃了嗎？」她的臉上是詫異的神情。

「死刑？槍斃?!」我驚駭莫名，忽然感覺到自己全身在哆嗦，「陳圓，什麼時候的事情？我怎麼不知道？」

「很久的事情了。難道你忘了？現在我才是你的老婆呢。」她說，忽然生氣了，即刻將她懷裏的孩子交到了我的手裏，「你還在想她，孩子是你的，你自己帶他吧。」說完後她就朝遠處跑。

「陳圓！」我大叫。可是，她也消失了。

我抱著孩子孤獨地站在大街的一側，周圍的人在我身旁匆匆而過。我猛然地感覺到了一種極度的孤單與恐懼。夢蕾被判了死刑？她已經被槍斃了？可是，我怎麼不記得這件事情了？陳圓，她是我的老婆？好像……好像我們是已經結婚了吧？可是，我們是在什麼時候結的婚呢？

猛然地，我懷裏的孩子在哇哇大哭，我朝他看去，頓時大驚，差點將他扔了出去！這，這哪裏是什麼孩子啊？明明是宋梅的那張臉，他，他正在朝著我大聲地哭！

頓時醒了。

臉上、後背全是汗水。我還清楚地記得自己剛才的那個夢，忽然想哭。

忽然感覺到餓，看了看時間，發現已經接近下午上班的時候了。急忙起床去到樓下一家小飯館吃飯。從家裏客廳穿過的時候，我感到了一種從所未有過的孤獨和蕭索。

去到病房的時候，蘇華詫異地看著我，「不是讓你好好休息嗎？秋主任都已經准假了。」

我搖頭，「睡好了，現在舒服多了。我的病床上才收了兩個新病人，我得去看看情況。」

「哎！你這人，這哪有做得完的工作啊？」她搖頭歎息。

我當然知道她是關心我，心裏暗暗地感激。上次的事情讓我們心存芥蒂，現在，至少我不會再對她有什麼不滿了。

唐小牧的細菌培養報告出來了，藥物耐受實驗的結果也有了，我發現開始的藥物確實有問題，急忙重新給她換了新的抗生素。

「三天過後我重新給你做手術。」我去對唐小牧說。我現在完全有了把握，因為現在可以有針對性地對她進行治療，而且我喜歡局部用藥，局部用藥就是把沾有抗生素的紗布條填充到病人有感染的部位。這樣內外夾擊，病人的感染會很快痊癒。當然，還有一種方式效果也會很好，那就是使用少量的激素。我們是三甲醫院，醫生對激素的使用很慎重，不像區鄉醫院的醫生那樣濫用。

她很高興，隨即欲言又止，「謝謝。馮醫生……」

「你現在跟我去換藥吧。」我說。

她沒有說什麼，隨即跟著我去到了治療檢查室。這次我改變了方法，讓護士在給她沖洗的時候，就在生理鹽水裏面加入了抗生素。她的感染有所緩解了，但依然嚴重。我不禁歎息了一聲。

給她換掉了陰道裏面的棉紗條，我吩咐護士，「每天給她換三次，早中晚各一次，每次都要浸輸液的抗生素。」

完成了換藥後，護士出去了，我去洗手。她穿好褲子從檢查床上面下來後，問我道：「馮醫生，你剛才歎息什麼啊？」

我一怔，隨即回答道：「我是歎息你是如何做到忍受這麼長時間的。哎！你呀，叫我怎麼說你才好呢？今後再也不要像這樣了，好嗎？」

「嗯，謝謝，謝謝馮醫生。」她的聲音有些哽咽。

她出去了，我看著她的背影有些發愣。在我們婦產科每天都可能會遇見各種各樣奇怪的病人與病情，但是像她這樣的情況我可是聞所未聞。這倒罷了，更讓我感到唏噓不已的是，她竟然連這樣的事情都聽她男人的。我心裏有些好奇：那個男人究竟是幹什麼的？究竟有著何種的魅力？現在我相信「每個病人都有一個精彩的故事」這句話了。

我心想，其實丁香不也有著她不凡的故事嗎？她是一個什麼樣的女性啊？我隨即去到她的病房。

讓我很高興和詫異的是，我進去的時候發現她在拉筋。

「怎麼樣？感覺怎麼樣？」我微笑著問她道。

「我感覺有點效果。」她說。

「那就好，你的化驗結果已經出來了，我馬上去與秋主任商量你的治療方案。我想，通過藥物治療再加上這種自我鍛煉方法，應該有效果的。」我說。其實，直到現在我依然沒有信心，但是我是醫生，我不能表露出自己的這一方面出來，反而地，我還得給她信心。

丁香朝我笑了一下，「謝謝。」

她的笑讓我猛然地怔了一下。因為我發現，她的眼睛裏有著兩點亮晶晶的東西，如鑽石發出的那種璀璨，而且，她的笑容讓她的臉部頓時生動了起來，一種難以言表的女性美頓時綻放出來。

我心裏很高興，同時也在告訴我自己：馮笑，你一定要治好她。能夠讓一位女性恢復她原有的美麗，這是我這個婦產科醫生最應該做的事情啊。

剛剛與秋主任討論完丁香的治療方案出來，正在辦公室裏面給丁香開醫囑的時候，一個人進來了。他是小李，上次來接我的林易的那個駕駛員。

「馮醫生，林總讓我來接你。」他對我說。

我有些反感他直接到我辦公室來找我，因為我非常不想讓科室的人知道我目前的狀態。但是，我卻不能拒絕。「我還有事情，你出去等我。到科室外面去。」我說，聲音有些冷淡。

他離開了。

下班後我去到醫院的停車場，發現小李今天開的是另外一輛轎車，雖然漂亮，但是並不讓人感到奢華。

我去坐到了副駕駛的位置上面，「去哪裏？」我問道。

「馮醫生，我從今往後就是你的專職駕駛員了，每天接送你上下班。」他卻這樣說道。

我訝然地看著他，「林總這樣說的？」

「是，林總說了，從今天開始，你每天就要住到新的地方去了，所以讓我每天接送你。」他回答說。

我心裏很惱怒，因為我很反感這樣被人安排。

轎車在一個社區停下，我眼前的是一排漂亮的花園洋房。小李帶我朝裏走去。

房門是開著的，裏面一片明亮。

小李帶我到門口處後轉身走了。我面前即刻出現了林易，他在朝我笑，「快進來。」

我沉著臉走了進去，第一眼就看見了陳圓，她穿著紅花格子的睡衣，烏黑的頭髮下是她漂亮的臉，她在看著我，有些羞澀，有些害怕的樣子。

本來我心裏充滿著惱怒的，但是當我看見陳圓的第一眼的時候，心裏頓時就軟了下來。現在見她這樣看著我，我朝她微微地笑了一下。我估計自己的這個笑肯定很難看。

「來，我們到沙發坐坐。林楠的媽媽在做飯。我們先說說話。」林易見我呆立在那裏，過來拉了我的胳膊一下。

林楠？我怔了一下，忽然想起這是陳圓的新名字。

我坐到了沙發上，陳圓依舊站在那裏。「楠楠，過來陪著你馮大哥坐啊。」林易對她說。我聽他這樣叫她，心裏覺得非常彆扭。

陳圓過來了，她坐在了我的旁邊，卻即刻移動了一下她的身體，與我的距離遠了些。

「馮笑，怎麼樣？你覺得這裏怎麼樣？」林易在問我。

我這才去看這裏的一切。

當然不錯，空間開闊，裝修精緻而典雅，裏面的每一樣電器和傢俱都很講究。

我微微地點了點頭。

「你滿意就好。今後這裏就是你和林楠的家了。這也是我們公司開發的社區，這套房子是我自己留下來的，剛剛裝修好不久。這下好了，你們有地方住了。」林易笑著說。

「林總，你是不是很喜歡安排別人的生活？」就在這一刻，我再也忍不住地再次惱怒起來。

他一怔，隨即詫異地問我道：「你這話是什麼意思？林楠是我的女兒，她即將和你結婚，我作為她的父親，給你們準備一套新房有什麼不合適的？這是人之常情啊？」

「你還讓駕駛員每天接送我上下班，你把我當成什麼人了？」我冷冷地道。其實，我是很想說「你是不是把我當成上門女婿了」這樣的話，但是我很討厭「女婿」這個詞。

「這也是為了你上下班方便啊？」他說，隨即看著我，「馮笑，你是不是反悔了？」

我去看了陳圓一眼，「你是不是還讓陳圓今後不去那裏上班了？從今往後把她當公主一樣養起來？」

「她是我的女兒，這麼些年了，我很對不起她。現在我們有條件讓她過公主一樣的生活，為什麼不可以？」我的話音剛落，施燕妮就從裏面出來了，她在距離我們不遠的地方說道。

我沒理她，我去問陳圓：「你自己說說，你喜歡這樣的生活嗎？」

「哥，我……」她的臉變得緋紅，不敢來看我。

「如果你覺得這樣的生活有意義的話，我不反對。不過，我不希望你這樣。一個人不能總像花朵一樣被養在溫室裏面，那樣很容易枯萎。林總，這句話也是我想對你講的。」我歎息了一聲後說道。

「馮笑，我知道你心裏想的是什麼。對不起，這件事情是我沒做好。我應該先告訴你一聲的。這樣吧，我們先吃飯，一邊吃飯我們一邊商量這件事情。今天我們倆喝幾杯，我很高興，因為我和你施阿姨終於有了一個完整的家了。」林易隨即說道。

我沒有想到他會這樣對我說話。我現在感覺到了，這個人的涵養不是一般的好。

說實話，我確實很反感林易的這種做法，但是我一直在克制自己的情緒。不過到後來我實在有些克制不住了。幸好林易的涵養很好，他根本就沒有一點生氣的樣子。這樣一來我自己反倒不大好意思了。

其實，我知道自己為什麼會這樣反感他。其一，我覺得自己現在完全是處於一種被迫無奈的境地裏。雖然我喜歡陳圓，而且她還有了我的孩子，但是林易用交換的方式取得我的承諾讓我內心難以接受。其二，我感覺到他的目的。我覺得，他這樣做的目的並不僅僅是為了陳圓，他還有他個人的目的。所以，我有一種被脅迫的感覺。

現在，我把他的涵養當成了是他的讓步，至少他給予了我一個充分的台階讓我下。在這樣的情況下我還能說什麼？而且對於陳圓來講，我直到現在依然對她愧疚，這一切都是我自己做出來的事情啊。人們常常有因果報應的說法，現在，我的報應來了——為了趙夢蕾，我必須捨棄趙夢蕾。本來這對我來講是一件難以決定的選擇，但是林易提出的交換條件讓我不得不這樣去做，而且心甘情願。

自從與陳圓發生了那樣的關係之後，一直以來我都處於一個怪圈裏面——不辜負趙夢蕾就只能捨棄陳圓，不辜負陳圓卻只能捨棄趙夢蕾。現在好了，林易幫我解決了這個問題。雖然我的心裏很難受，但是卻只能如此。

四個人坐到了桌上。我發現施燕妮今天對我有些冷淡。我沒有理會她，因為我覺得一個女人即使你再有天大的難處，也不應該拋棄自己的孩子，除非你不要把她生下來。這種拋棄也許真的是一種無奈，但是對孩子來講卻是一種永遠的、難以彌補的傷痛。

而且，我還感覺到了一點：陳圓和她似乎並沒有那種想像中的母女重逢的喜悅。

林易給我倒上了酒。他朝我舉杯，「來，我們喝酒。呵呵！我們在一起喝酒也不止這一次了吧？今天的酒可就不一樣了，因為現在我們是一家人了。」

「我也喝一杯吧。馮笑，希望你今後對林楠更好一些。我以前造下的孽已經無法彌補了，所以我只能懇求你，懇求你今後對她更好一些，只有這樣，我的心裏才會好受一些。馮笑，拜託你了。謝謝你！」施燕妮說，聲音哽咽，眼淚在往下流。

陳圓在看我，她的雙眸清澈無比。她也舉起了她的杯子。她的杯子裏是飲料。

「我會的。」我說。

「馮笑，有些事情需要時間去處理，我也希望你現在好好照顧她，更希望你們的孩子健康聰明。」林易對我說。

我猛然地將杯中的酒一飲而盡。

林易也喝下了，「馮笑，我們作為人呢，這一輩子會遇到很多意想不到的事情，但是我們的選擇很重要，而且選擇了就不要後悔。你發現沒有？喜歡後悔的那些人往往都是人生的失敗者。馮笑，我這句話沒有其他什麼意思，只是說出來希望你注意。」

「我已經答應了，已經決定了，你再說這件事情是什麼意思？」我冷冷地道。

「就是，不要老是說這件事情了。」施燕妮說。

剛才，當林易說出那句話來的時候我的第一反應就是反感，而現在，當施燕妮說出這句話來的時候我頓時明白了林易的意圖了——他本就是說給施燕妮聽的，而且也希望我現在當著施燕妮的面說出自己的承諾。

這樣的飯吃得很難受，這樣的酒喝起來也讓我感到鬱悶不已。所以，今天我們並沒有喝多少。因為我實在沒有了喝酒的心情，甚至連鬱悶的心情都沒有了。

吃完了飯就即刻被林易拉到了沙發處，這時候我的內心才對他有了一絲感激。因為我不知道自己是不是該去洗碗、收拾飯桌。結果又是林易替我解了圍。

「剛才我給你說的話，你聽明白了嗎？」坐下後他問我道。

「什麼話？」我莫名其妙，心想你剛才說了那麼多話，我哪裏知道你現在指的是哪句啊？

「我說，有些事情需要時間去處理。我知道你和小趙的感情，所以我並不強求你馬上和她斷絕一切的關係。她畢竟與你是夫妻關係，而且還是曾經的同學。感情的事情不是說斷就斷得了的。」他說道。

這下我反倒被他給搞糊塗了，「你的意思是……」

「我的態度很簡單，你和她法律上的夫妻關係必須馬上結束，但是你和她的感情可以慢慢淡化，明白了嗎？」他說，很親切的語氣。

這下，我真的很感激他了。

然而，讓我想不到的是，就在這時候有一個人來了，他就是那位律師，他帶來了趙夢蕾的離婚申請。

當他拿出那份離婚申請，當我看清楚了那是什麼東西時，剛才產生出的對林易的感激之情，頓時變成了反感與憤怒，「林總，你可真著急啊。」我冷冷地道。

「馮醫生，你不要怪林總。」這位律師急忙地對我說道，「今天我又去見了她一次，我去的目的是為了問她母親精神病史的問題。馮醫生，她很聰明，一聽我說到這個問題，就明白了這意味著什麼了。她對我說：她不想連累你，所以決定馬上和你離婚。這不？她隨即就把這個給我了。其實，她早就寫好了這個東西了，只不過今天才拿出來給我罷了。我也是為了便於儘快開始下一步的工作，所以才即刻把它拿來給你簽字的。」

我頓時無語。

律師給了我一支筆，「馮醫生，只要你簽個字就可以。其他手續我去辦。」

我接過了他的筆，但卻不想落筆去簽署，就在這一刻，我才真正意識到了現實的殘酷——只要我簽上了自己的名字，從此我就與趙夢蕾成為了陌路人。

「哎！」林易歎息了一聲，隨即站了起來。他出門而去。

律師的臉色木然，他在我面前永遠都是這樣一副公事公辦的神色。他在等候我的落筆。

「哥，你別為難了，別簽了吧。」這時候，我聽到耳旁傳來的是陳圓的聲音。她在哭泣。

我放下了筆，對律師說道：「這份離婚申請放在我這裏，明天你給我打電話吧，今天晚上我想和陳圓好好談談。」

「這個……好吧。」律師猶豫了一下然後離開。

「馮笑，有些事情我們也不逼你了，你自己好好考慮一下。」這時候林易進來了，說話的卻是施燕妮。

林易看著我，眼神複雜。他對施燕妮說了聲：「我們回去吧。」

他們兩個人準備離開，我即刻叫住了他們，「等等，我不需要你們每天派車接送我，請你們尊重我的這個意見。」

「好吧。」林易說。

施燕妮過來擁抱住了陳圓，「小楠，媽走了，媽明天一早給你打電話。」

「嗯。」陳圓說，隨即又道：「我不想讓我哥簽字。」

「傻孩子，哎！」施燕妮輕拍了幾下陳圓的背，然後將她放開，「你們自己商量吧。」隨即來看我，「馮笑，我們並沒有逼你，你不要恨我們。但是，我們真的希望你對陳圓更好些。」

她說完了開始流淚。

「走吧，讓他們好好談談也好。」林易去挽住了他老婆的腰。兩個人隨後離開，同時還關上了房門。

頓時就剩下了我們兩個人。

陳圓看著我，眼神裏帶著歉意、惶恐。我看得出她眼神裏包含的這些成分。

「圓圓，你來坐下。我想和你好好談談。」我指了指我旁邊的那個沙發對她說道。她緩緩地走了過來，然後坐下，「哥，我不想讓你為難。」

我點頭，「圓圓，我知道。不過，我現在不是為難，而是想把有些事對你講清楚。現在，我已經決定與我的妻子離婚，但是我卻覺得自己配不上你。所以，我覺得我應該把事情對你講清楚。我和你，以前的一切太荒唐了，但是婚姻卻是神聖的，如果我們真的要結婚的話，你必須現在就想清楚。你明白我的意思嗎？」

「哥，我不明白你在說什麼。我一直很喜歡你。你不喜歡我，我知道的。但是我希望你喜歡我。哥，我說的都是真的，都是我最真實的想法。」她低聲地說道。

「圓圓，你誤會了我的意思。」我柔聲地道：「我怎麼會不喜歡你呢？從我第一次見到你開始，就被你的美震撼了。後來，當我看到你受到了那樣的傷害，我的心頓時痛得難以忍受……」

「哥，你別再說那件事情了，好嗎？」她打斷了我的話，聲音在顫抖。

我發現自己又犯下了一個不可饒恕的錯誤，急忙地道：「對不起，我不該提這件事情。我想說的不是這個，而是以後的事情。圓圓，我不是一個好人，我和莊晴，還和其他的女人都有著不正當的關係，同時還和你……圓圓，像我這樣的男人是不值得你愛的，更不值得你對我託付終身。對，我可以和趙夢蕾離婚，但是我並不值得你愛我啊。你明白我的意思嗎？」

「哥，你別說了。」她說，同時開始流淚，「我都知道的，我還知道你也喜歡莊晴姐。哥，我從小到大沒有父母，我不知道被人喜歡是什麼感覺，但是自從認識你之後，我知道了。所以，我覺得自己可以接受你的一切。以前我們和莊晴姐在一起的時候多好啊，我和她一樣，從來都沒有吃過對方的醋。莊晴姐還告訴我說，現在的男人都一樣，你還算做得比較好的。我們女人有時候睜隻眼閉隻眼就行了。哥，我想和你在一起，也不希望你和你妻子離婚。我只希望我們的孩子有一個父親就可以了。」

「圓圓，你怎麼這麼傻！」我也不禁開始流淚。不是被感動，而是因為羞愧。

第二天一大早我就給律師打去了電話，「我已經簽字了，後面的事情就拜託了。還有件事情，麻煩你問問，我什麼時候可以去見她。」

「過幾天就可以了。」他回答，隨即問我道：「你簽字的文件在什麼地方？」

「在我身上。我今天要上班，麻煩你到醫院來一趟吧。你到了後我給你送出來。」我回答。

他答應了。我頓時淚如泉湧。

一直以來我自認為自己是一個堅強的人，但是自從趙夢蕾的事情出現後，我發現自己經常流淚，我發現自己的內心其實很脆弱。

不多久律師就來到了醫院。他給我打電話後我急忙從科室裏面跑了出去。

他接過我手上已經簽字的那份申請，看了看。我知道他是在看我簽字的地方。

「拜託了，謝謝你。」我對他說，希望他能夠給我說點什麼。但是他沒有，他小心翼翼地將那份申請放進了他的公事包裏面，「馮醫生，我走了。」

我有些失望，但是卻同時又心存希望。

接下來的一天我心情都不好，唯有在病人面前的時候竭力地讓自己露出微笑的面孔，還有溫和的語氣。這讓我感到好累，好累。

下班的時候我有些猶豫——去不去陳圓那裏？

可是，一個電話讓我的這種猶豫變得毫無意義。

「馮笑，馬上下班了吧？林楠在家裏等你呢。我和你施阿姨都在。律師給我講了，我們很高興你做出了這樣的決定。」林易的語氣依然是那麼的溫和。

「馬上。」我說。心裏彆扭得厲害。

晚上依然是施燕妮做的晚餐。不過林易沒有提出喝酒。但是我想喝，「陳圓，家裏有酒嗎？」

「有。我去拿。」陳圓即刻回答道。

「你喝嗎？」我問林易。

他朝我微笑，「我陪你。」

「你那麼多事情，卻天天晚上來陪我，我謝謝你了。」我說，竭力地讓自己露出笑容，但是我發現自己的笑是那麼的不自然。

「哎！馮笑，你這是怎麼啦？現在我們是一家人了，你怎麼變得還不如我們以前那樣隨便了？」他苦笑著說。

我有些歉意，「任何事情都是需要適應的。」

「呵呵！原來是這樣。好，我知道了。馮笑，昨天我回去和你施阿姨商量了，覺得你的意見是對的。小楠還是得有個工作的好。今天你施阿姨也問了小楠了，她自己也想回去上班。我看這樣，從今往後小楠白天去孤兒院上班，每天司機接送。你看這樣行不行？」他隨即說道。

我去看陳圓，「你決定了？」

她點頭，「嗯，我覺得一個人在家裏很無聊的。」

「既然你決定了，那就這樣吧。不過你不要太累了。」我說。

「你這個家裏差一個保姆，馮笑，這件事情我替你安排一下，你不會有意見吧？小楠有了孩子，每天回家總得有人做飯是吧？還有你們的衣服也得有人洗。」施燕妮說道。

「謝謝。」我說，這樣的事情我當然不會拒絕，同時對自己昨天晚上的那種態度感到有些歉意。

「哎！馮笑，其實你可以不用再去醫院上班了的。就在我的公司裏面當個副總什麼的，多好啊。時間又自由，還可以照顧小楠。」林易說。

我搖頭道：「我只會當醫生，其他的什麼都不會，我天生就是當醫生的命。」

他歎息，「好吧，我們別說這些了。來，喝酒。」

今天我很想喝酒，也想讓自己醉。我知道，只有在酒醉的狀態下才可以忘記內心的那些煩惱。

「你什麼時候的夜班？」我已經有些眩暈的時候聽到林易在問我。

「什麼事情？」我也聽到自己的舌頭有些大。

他淡淡地笑，「沒事情。來，我們喝酒。」

我頓時明白了，「後天我和陳圓去辦結婚手續。不過，她現在的名字還是陳圓。林總，說實話，我實在不習慣你們叫她現在的這個名字。」

「你怎麼還叫我林總？哎！看來你還是沒有認同我這個老丈人啊。」他看著我笑，隨即又道：「陳圓的戶口和身分證都已經改了名字了。這件事情很簡單。呵呵！馮笑，你如果不習慣叫她的新名字也沒有什麼，反正名字只不過是一個代號罷了。不過她的名字對我們來講意義就不一樣了，希望你能夠理解。」

我點頭，「我知道。不過，我現在實在……這個，我實在對你叫不出那個稱呼來。對不起。」

「稱呼也不過是一個代號罷了。沒關係。你看，現在小楠不是仍然叫我林叔叔嗎？」他大笑。

「她還沒有叫過我媽呢。」施燕妮說，隨即歎息。

陳圓神情尷尬，滿臉緋紅。我急忙地道：「給她點時間，給我們點時間吧。對不起。」

「好，沒關係。她是我們的女兒，你是我們的女婿。這樣的關係是鐵定了的。這就夠了。」林易大笑。

我內心很感激他，因為現在我真切地感覺到了他的寬容與真情。

第二天夜班。

下午的時候律師到醫院裏來了一趟，他帶來了我和趙夢蕾的離婚證。我想不到他竟然把這件事情辦得這麼快。

我隨手把離婚證扔到了垃圾桶裏面，並沒有打開看。我不想看到這樣的東西，更不想保存它。

「她現在怎麼樣？」我問道。

「很好的，她很平靜。」他回答，「過幾天你就可以去看她了，但是她說她不想見你。」

我心裏很難受，「可是，可是我想見她，我很想去看看她。」

「行，我來安排吧。」他說。

他離開後，我在醫院的大門外站了很久。

陳圓第一次主動給我打來了電話，晚上的時候。

「我沒在家。」她說。

「你在他們家裏，是吧？」我問道。

「嗯。」她說，「她……哥，我不知道為什麼，就是對她叫不出『媽媽』這個詞。我覺得她距離我好遙遠。」

「畢竟你們分開了二十多年。而且你的內心裏可能還在恨她。沒關係，時間久了就好了。你原諒她吧，任何一個母親都不想丟棄自己的孩子的，除非是她完全沒有了其他的辦法。現在你馬上也要當母親了，你應該理解她當時的那種痛苦心情。你應該站在她的角度上想一想，你說是不是？」我溫言地勸慰她道。

「我知道，可是……」她說。

「早點休息吧，我在值班呢。呵呵！你還是第一次主動給我打電話呢。」我笑道。

「好像不是吧？記得以前我也打過的。」她說。

「是嗎？我記不得了。反正你主動給我打電話打得少。」我笑著說。

「我是不想影響你的事情。」她也笑，「哥，今天是她讓我給你打的這個電話。她說，我們女人得隨時關心自己的男人。」

「你看，她多麼關心你啊是不是？呵呵！好了，你今後別這樣，你幹啥就幹啥吧，不要什麼事情都聽別人的。」我說。

「嗯，哥，你忙吧，我看電視去了。」她說，聲音柔柔的。我的腦海裏面出現的是她可愛的面容。

「圓圓，」我即刻地叫了她一聲，「你可以找點自己喜歡的事情做的，比如彈鋼琴什麼的，孩子不也需要胎教嗎？」

「嗯，我明天去買。」她說。

「明天我陪你去買吧。我們不是要去拿結婚證嗎？」我說。

「……哥，我覺得這件事情好像不大對。」她卻這樣說道。

我很是詫異，「什麼事情不對？」

「你和你妻子離婚的事情。我覺得自己像壞人一樣。」她說。

「圓圓，你別這樣說。」我心裏也不好受，「這都是命啊。我是醫生，以前從來不相信命這個東西的。可是現在，我相信了。」

「我也是。」她低聲地道。

她的這個電話讓我的情緒低落了起來，讓我頓時有了一種想要痛哭的衝動，我在竭力地克制，「圓圓，早點休息吧。我要去查房了。」

「嗯。」她說，卻沒有掛斷電話。我即刻掛斷了。我知道，她是在等我掛斷，她一向都是如此。

我沒有去查房，因為我的心裏很難受。這是我第一次在上班的時候出現這種倦怠的情況。還好的是，一直到晚上十二點，病房裏都沒有異常的情況發生，於是便去睡覺。

可是，在半夜的時候，我卻被值班護士給叫醒了。因為來了一位急診病人。「子宮外孕，大出血。」護士急匆匆地對我說。

我大驚，瞌睡頓時沒有了。不到一分鐘就穿好衣服從值班休息室裏衝了出去。

請續看《帥醫筆記》之六　晴天霹靂

帥醫筆記 之5 懾人氣場

作者：司徒浪
發行人：陳曉林
出版所：風雲時代出版股份有限公司
地址：105台北市民生東路五段178號7樓之3
風雲書網：http://www.eastbooks.com.tw
官方部落格：http://eastbooks.pixnet.net/blog
Facebook：http://www.facebook.com/h7560949
信箱：h7560949@ms15.hinet.net
郵撥帳號：12043291
服務專線：(02)27560949
傳真專線：(02)27653799
執行主編：劉宇青
美術編輯：許惠芳

法律顧問：永然法律事務所 李永然律師
北辰著作權事務所 蕭雄淋律師

版權授權：蔡雷平
初版日期：2015年9月
初版二刷：2015年9月20日
ISBN：978-986-352-202-7

總經銷：成信文化事業股份有限公司
地　址：新北市新店區中正路四維巷二弄2號4樓
電　話：(02)2219-2080

行政院新聞局局版台業字第3595號 營利事業統一編號22759935
©2015 by Storm & Stress Publishing Co.Printed in Taiwan
◎ 如有缺頁或裝訂錯誤，請退回本社更換

定價：280元　特價：199元
版權所有　翻印必究

國家圖書館出版品預行編目資料

帥醫筆記／司徒浪著. -- 初版-- 臺北市：風雲時代，
2015.06 -- 冊；公分

ISBN 978-986-352-202-7（第5冊；平裝）

857.7　　104008026

風雲時代